瑞克

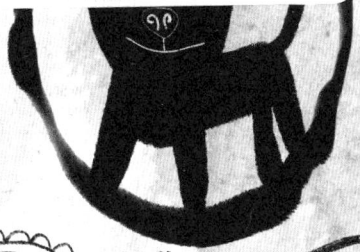

洛基

巴基

沃尔夫

奥萝拉

福克斯

杰

史蒂夫

弗朗西斯

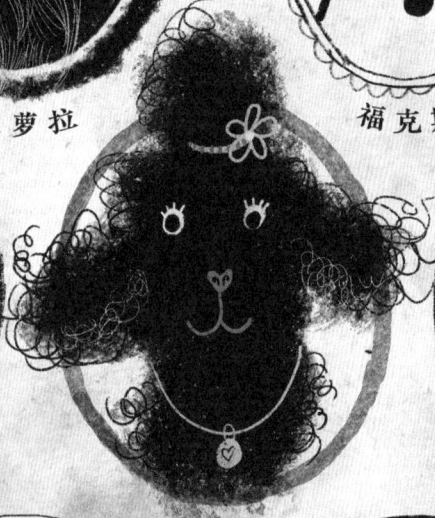

卷毛

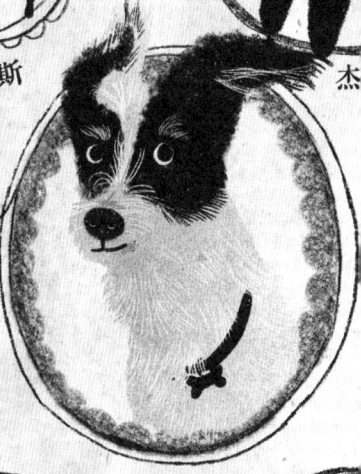

菲利普

哈姆雷特

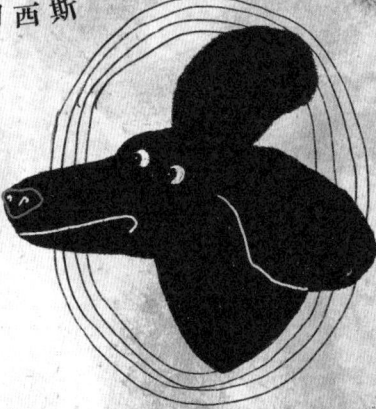

热狗

阿基拉

艾尔菲

蒙尼娅

玛莎

伍斯特

[俄]埃琳娜·布拉伊/著绘 吴延国/译

俄罗斯
图书印象奖

博洛尼亚
插画展

意大利
环境图书奖

—— 获奖作品 ——

养只狗狗吧

教会孩子爱心与责任的实践手册

电子工业出版社
Publishing House of Electronics Industry
北京·BEIJING

谨以此书献给

阿廖沙和所有读者

衷心感谢我这些优秀的狗狗模特：皮娜、布鲁斯、雷纳、阿西、吉姆、贝加尔、阿尔玛、杰克、维特鲁沙、舒、汉娜、珍妮、蝙蝠侠、丹娜、亚特兰大、尤斯塔、泽夫、沙斯提克、佐伊卡、马蒂、利维、洛基、叮当、娜依达、佩珀、米罗斯拉瓦、米尔卡、艾瑞斯、莉亚莉亚、莎莉、多米尼克、泰迪、像素、妮拉、希斯克里夫、托莎、帕特里克、邦比、萨瓦、西娅、玛莎、雷霆、邦雅、特里、祖妮塔、默西、阿切尔、弗罗里达、卢莎、尤琪、阿克拉、贾斯珀、小精灵、哈姆雷特、阿基拉、伍斯特、菲利普、弗朗西斯、奥萝拉、弗莱，同时也衷心感谢那些给我寄照片的狗狗主人们。

我还要感谢亚历山大·K，他帮我整理了数百封邮件和数千张狗狗照片，这样的事情，他只会为我而做。没有他，我也不可能完成这项工作！

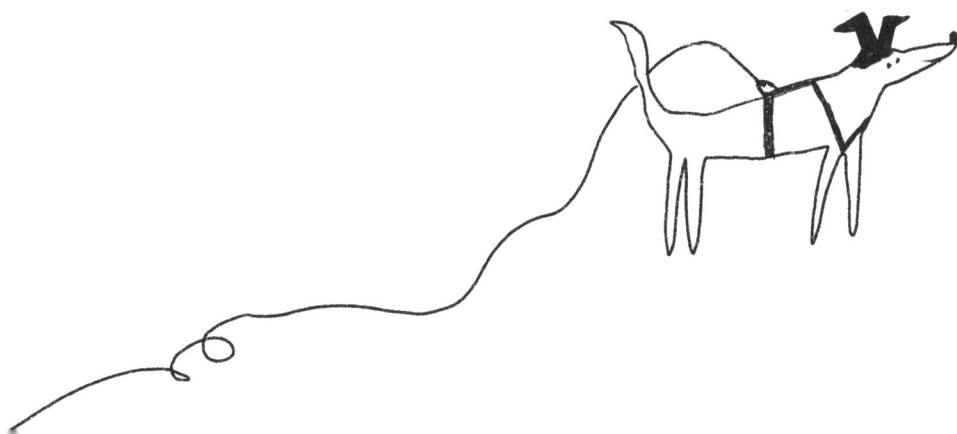

大家好，
我叫莉娜。

　　我不是一名训犬师，而是一名插画师。之所以写这本书，是因为我养了一只狗。它叫乔，我非常爱它。刚开始养它的时候，我对狗狗的事几乎一无所知，所以犯了很多错误。也许这本书可以帮助你更好地了解狗狗，让你学会如何与狗狗交流，如何照顾它们。

这就是乔。

我最爱的狗狗，
我最好的朋友。

目录

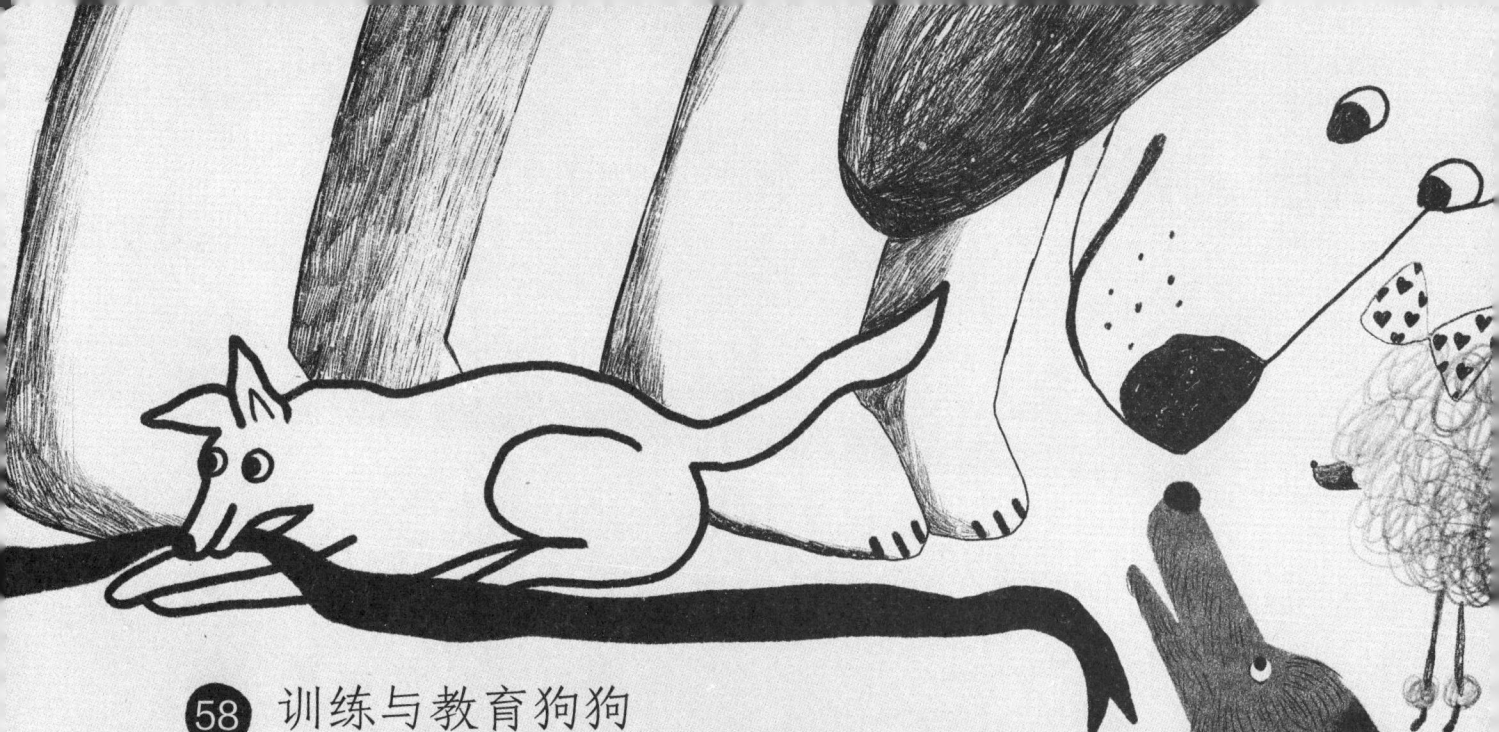

狗狗的种类

世界上有很多不同种类的狗狗。有长腿的狗狗、短腿的狗狗、耳朵又长又下垂的狗狗、尖耳朵的狗狗、耳朵又大又软的狗狗和纽扣耳的狗狗；有毛茸茸的狗狗，也有一根毛都没有的狗狗。白色的、黑色的、棕色的、狐红色的、金色的、带斑点的、有斑纹的，狗狗也有各种花色。

时尚犬

卷毛狗

拖把狗

短腿狗

迷你狗

瘦狗狗

流浪狗

胖狗狗

8

埃及皇家犬

狮子狗

斑点狗

大型犬和小型犬　　比熊犬

长须犬

腊肠狗

你能说出这些狗狗是什么种类吗？你还知道哪些种类的狗狗？

沙皮狗

棕色短睫毛

柔软的耳朵，耳尖几乎总是耷拉着

聪慧的棕色眼睛，看起来像画了眼线

软软的痒痒须

6
六岁

湿湿的黑鼻头
（有时是干的）

鼻子上的粉红色
心形斑点

鼻头和下巴
周围也有硬
硬的毛

大白牙
（你现在看不到）

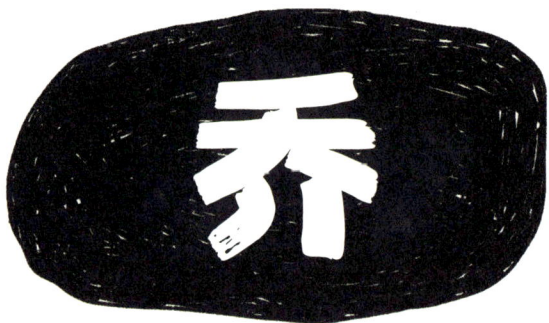

乔

乔不喜欢修剪的长长的指甲

小巧可爱的脚后跟

53 厘米（肩高）

53

112 从鼻尖到尾尖长 112 厘米

231 231个黑色斑点

毛茸茸的尾巴

粉红色的肚子上有黑色的斑点。乔喜欢我抚摸它的肚子。

43 43个棕色斑点

我的狗狗是最棒的！

22.5 体重22.5千克

　　乔已经六岁了。我不知道它的爸爸和妈妈是谁，但它很聪明，长得也很漂亮。它的个头很大，身高超过我的膝盖，体重超过20千克。

　　它刚来我家时是白色的，只有耳朵是棕黑色的。后来，它的背上和爪子上长出了黑色和棕色的斑点。随着年龄的增长，它身上的斑点越来越多。说不定有一天，这只本来全身白色的狗狗会完全变成黑色的！这该是多么神奇的事情啊！

狗狗的起源

巴仙吉犬是世界上最古老的犬种之一，有数千年的历史。它们起源于中非，后来在古埃及深受欢迎。许多壁画和文物上都绘有巴仙吉犬的形象。巴仙吉犬不会吠叫，只会发出低吼或类似约德尔调的声音（真假嗓音反复变换）。

狗已经与人类共同生活了数千年。根据狗的进化的主要理论，狗起源于狼。尽管所有的狗都有一个共同的祖先，但它们的大小和外形却千差万别。狗狗分为猎犬、雪橇犬、牧羊犬、斗牛犬、玩具犬等，每个品种都有其独特的重要特征：有些狗的爪子很宽大，适合游泳；有些狗以飞快的奔跑速度著称；还有些狗性情温和，十分温顺。

如果你想要一只纯种狗，那就需要找到一个繁育机构。如何才能确认自己找到了一个正规的繁育机构呢？正规的繁育机构会长期繁育一个或几个品种的狗，并且这些狗参加过表演或比赛。他们会询问你的家庭情况，以确保他们的幼犬有好的归宿。当你来看幼犬时，繁育机构的工作人员会带你参观狗狗居住的地方，你可以看看狗狗住得是否舒适，是否有安全感。正规的繁育机构了解幼犬的性格和特质，会为你提供所有必要的文件。他们还能提供护理和训练指导，如果你无法照顾幼犬，他们甚至愿意将幼犬领回。

你也可以领养收容所里的狗狗。收容所里既有幼犬，也有成年犬，它们有些是走失的，有些之前是流浪犬，还有些则是被主人遗弃的。有时你也可以从那里领养到纯种犬，但收容所的大多数狗狗是杂交品种。狗狗的命运各不相同，它们都有自己的故事——通常是悲伤的故事，但这些狗狗都渴望找到新的朋友和新的家。

1695年，日本设立了第一家流浪狗收容所。这个收容所由政府出资，政府提供米饭和鱼干等精选食物饲养这些流浪狗。

狗狗收容所有公立和私立的，根据收容条件，每个收容所里可以容纳几十只到几千只狗狗。

狗狗在收容所里的生活并不快乐。通常情况下，一个狗舍里会有好几只狗狗。狗舍通常位于户外，没有供暖设施，冬天非常寒冷。收容所有工作人员负责照顾这些狗狗，给它们喂食并提供治疗。但是狗狗太多了，人手不够。经常有志愿者到收容所帮忙——他们带来食物、药品和其他必需品，还带狗狗出去散步。狗狗需要散步，需要人的陪伴。在一些收容所，狗狗每周只能出去散步一次，甚至没机会散步，绝大多数时间里它们只能待在狗舍里。如果你不确定是否要养宠物，你可以先尝试做一名志愿者——找一个你家附近的收容所，去看望那里的狗狗，带它们出去散散步。

多陪伴收容所的狗狗，训练它们，以便让它们适应社会生活，这样它们就更容易找到一个新家，一个永久的栖身之所。

还有一些人试图自己救助动物。他们收留街上的流浪猫狗，确保它们得到必要的治疗，然后设法为它们找到新家。这些人被称为流浪动物救助者。

我从小就想养一只狗，这个想法一直没有改变，但我却始终无法下定决心，因为狗狗是有生命的。你需要带它们出去散步，需要喂养它们，照顾它们。我担心自己做不好。但突然有一天，我决定：要么现在养，要么永远不养！

我想从收容所领养一只狗狗，因为有太多无家可归的狗狗需要一个主人。于是我开始每天浏览各种帖子，寻找属于我的狗狗。

如何挑选狗狗

最悲哀的事情莫过于狗狗无法适应新家。在选择狗狗时，我们通常只会考虑它们的外表，这是不对的。狗狗不仅外表上有所不同，它们的性格和需求也存在差异。首先，需要考虑哪种狗狗适合你和你的家庭。不妨问自己以下几个问题：

你平时和周末有多少时间可以遛狗？

你家里是否有人对狗过敏？

你和家人的生活方式是否健康？你喜欢散步吗？也许你喜欢骑自行车或喜欢徒步？你想要一只精力旺盛的狗狗，还是更喜欢一只安静的慢性子狗狗来陪伴你？

你住在哪里？楼房还是带院子的房子？附近有公园、森林或供狗狗嬉戏的场所吗？

谁负责遛狗？只有成年人才能带大型犬散步哦。

有些狗狗需要更多的照料。它们的毛发需要经常梳理以保持美观。除了散步和玩耍，你和家人还能抽出多少时间照顾狗狗？

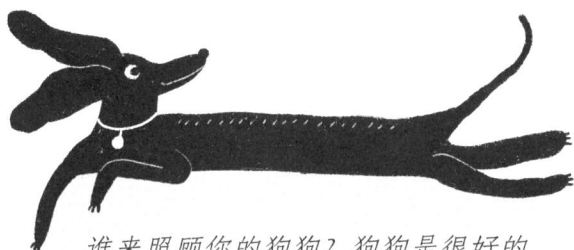

谁来照顾你的狗狗？狗狗是很好的朋友，但它们不仅需要友谊，还需要训练。

你家能在狗身上花多少钱？大型犬需要更多的食物。你还需要购买狗狗用品、玩具，支付疫苗费用。如果狗狗生病了，还需要支付医疗费用。

你多久度一次假？能带狗狗一起去吗？还是外出时，你必须把它们寄养在朋友家或亲戚家？

你为什么需要一只狗？它们将如何成为你家庭生活的一部分？什么性格的狗适合你？每只狗狗都有其独一无二的特性和需求。它们适合你吗？你的生活方式能满足这些需求吗？

你们是否能愉快相处？这是最重要的问题。

需要考虑的事项

无论你决定领养纯种幼犬还是收容所里的狗狗，你都需要与繁育机构的工作人员或救助者交流，尽可能多地了解狗狗的信息。

· 狗狗的性格是什么样的？这个品种有什么独特之处？将来需要注意什么？如果你从收容所里领养狗狗，要尽可能多地了解它们的过去。它们有行为问题吗？你应该做好哪些准备？

· 狗狗的身体健康吗？如果是纯种犬，需要了解幼犬及其父母的健康状况。

· 狗狗是否接受过跳蚤、蜱虫和蠕虫治疗？是否及时接种了疫苗？当你从收容所里领养狗狗时，首先需要带它们去兽医那里做健康检查。

· 幼犬吃什么？繁育机构的工作人员或救助者是否可以提供一份食谱，让你知道如何喂养狗狗、什么时候喂、喂多少？你也可以咨询兽医以获取一些营养建议。

· 狗狗是否表现出恐惧或攻击性？如果有，是在什么情况下？狗狗与其他狗狗相处得如何？与其他动物相处得又如何？

· 你想养公狗还是母狗？不同性别的狗狗，行为也不同。如果它们是纯种犬，你是否会让它们生小狗？如果它们是收容所里的狗狗，它们是否做过绝育手术？

有一天，我无意间浏览了一个网站，机缘巧合，我看到了一则有关乔的信息！当然，那时它还不叫乔，它只是一只没有名字的白色小狗。

这是尤利娅，乔的救助者，她在街上一捡到乔就马上把它寄养到了一户人家，并开始寻找愿意收养它的新家庭。尤利娅一直在帮助猫猫狗狗。

小狗找新家！

免费送给好人家，请致电……

这就是当天的我。我穿着雨衣，因为当时是九月下旬，天气寒冷，还下着小雨。几个月后，这件雨衣的口袋就被乔咬了个稀烂。

我先坐地铁，

我拨打了那个号码。接电话的人是一位狗狗救助者。她问了我很多问题：我为什么想养一只狗，我是否有能力照顾好它……感觉就像一场真正的面试！第二天，我去见了它。乔当时寄养在乡下的一位兽医家里。

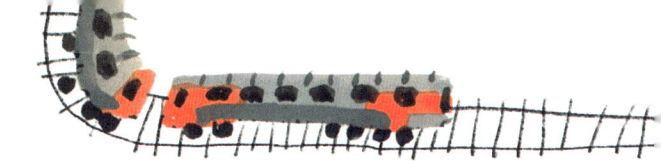

我好像坐了一个小时的火车，或者更久，我也记不清了……

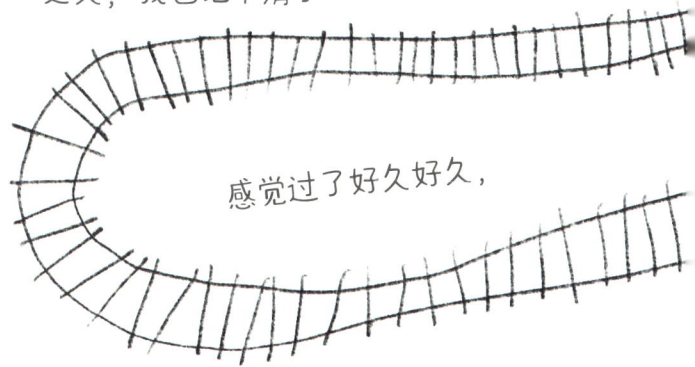

感觉过了好久好久，

然后我在一个火车站下了车，

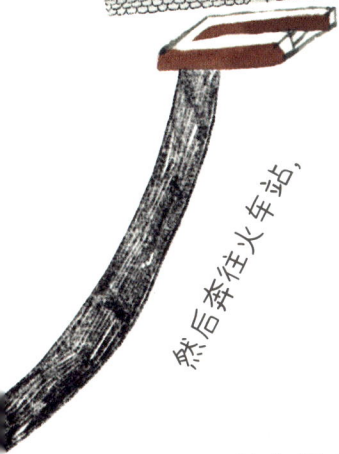

然后奔往火车站,

又坐了40分钟左右的汽车，我几度担心会错过我要去的那个村庄。

这就是乔生活的地方，这里还有其他狗狗。

·寄养家庭：被救助的狗狗在被新家庭收养之前暂时生活的地方。

除了乔，兽医家里还有其他的狗狗：五只年幼、顽皮的黑色小狗，两只愁容满面的成年狗，它们也在等待新的收养家庭；还有一只年迈的巨型犬，是主人自己养的。这些狗狗还没有被人选走——也许人们觉得它们不够可爱。兽医向我介绍了每一只狗狗，并问我是否愿意领养其中一只黑色的小狗。但我是为了乔而来的，我想见见它！

它终于出来了——一只瘦得可怜的小狗，身体细长细长的，白色，膝关节很大。面对这只安静而谨慎的小狗，我不知道该怎么办，只是跟它默默对视。天空下着小雨。我伸出手，它凑过来闻了闻我。

狗狗到家前的准备

背带

拉拽牵引绳容易使狗狗的颈部受伤。要确保背带系好，不会把狗狗的皮肤磨伤。根据狗狗的身体构造，选择合适的背带。

P. 48

项圈

你的狗狗应该始终戴着项圈，即使在家里也是如此。项圈上有狗狗的身份标签。

麦克斯

牵引绳

5～7米长的牵引绳，用于每天遛狗；1.5～2米长的牵引绳，用于短途散步。

狗窝

把狗窝安置在安静、舒适的地方，保证狗狗可以在那里安心睡觉、肆意啃咬玩具，保证它在那里感到安全。你可以使用带可拆卸套的垫子，也可以只铺一条暖和的毯子。只要易于清洗即可。

身份标签

这个东西非常重要！如果狗狗走丢了，有了身份标签，你就有可能找到它们。这个标签的一面刻着狗狗的名字，另一面刻着你的联系电话。

狗狗饭碗

使用不锈钢或陶瓷碗。每次狗狗吃饭后都要清洗狗狗的碗。

狗狗拾便袋

一定要跟在狗狗后面，及时把狗狗的粪便清理干净。你可以在宠物商店或者超市购买专用的宠物粪便袋。

狗狗专用指甲刀

用于修剪狗狗的指甲。

急救箱

狗狗可能会生病或受伤，因此你应该常备急救用品。

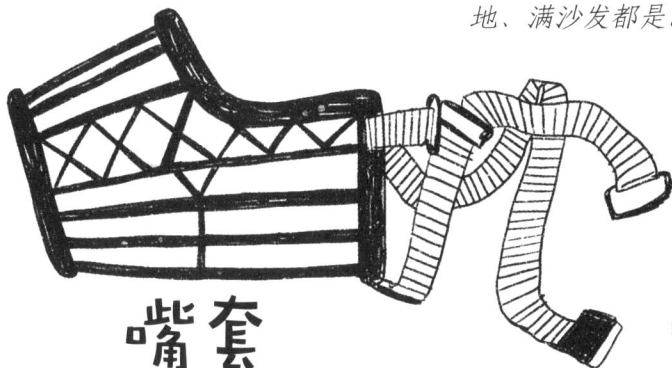

狗狗洗发水

人用的洗发水不适合狗狗！你需要购买狗狗专用的洗发水。

狗刷

你应该给狗狗梳毛，否则当它们脱毛时，毛发会弄得满地、满沙发都是。

嘴套

即使你的狗狗非常温顺，你也可能需要在乘坐公共交通工具时或去宠物诊所时给它戴上嘴套。

狗狗玩具

狗狗喜欢玩耍。通过玩耍，它们会变得更加聪明。有些玩具里面甚至还藏着好吃的，这种玩具属于特殊益智玩具。你也可以用家中现有的东西制作玩具。

p. 42

狗狗喜欢啃咬东西，所以它们也需要骨头。

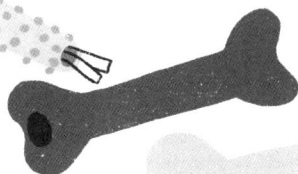

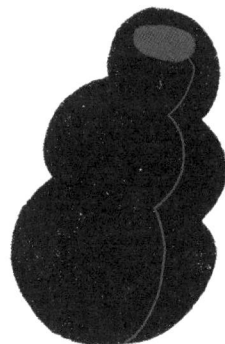

p. 53

狗狗尿垫

如果你的幼犬或成年犬还没有学会如厕，你需要先教它们在尿垫上如厕。

我买了一条牵引绳和几个碗。我用自己的旧绒毛睡袍做了一个窝，然后我就开始焦急地等待。原来的主人开车把乔送了过来，把它放在外面的院子里。它坐着不肯动，我不得不把它抱进屋子。当时它已经不能算一只小狗了——虽然它很瘦，但也重达12千克！

狗狗到家了!

新狗狗一到家，你一定会想马上抱抱它们并和它们玩耍。不过最好不要这样做，让你的狗狗先适应一下。无论对于幼犬还是成年犬，一切都会显得新鲜、陌生和可怕：陌生的人，陌生的地方，陌生的物品、气味和声音。

由于每只狗狗的情况不同，它们的反应也会有所不同。有的狗狗可能会迫不及待地开始探索，嗅遍每个角落，与每个人见面；还有的狗狗可能会呆呆地一动不动，过一段时间之后才小心翼翼地探索和适应新家。

你需要提前做好准备。仔细地检查各处，看看小狗能够到什么。收起贵重物品，藏起你的鞋子、电源线和玩具。将盆栽放在小狗够不到的地方。啃咬东西是狗狗的一种完全正常的行为。你要接受这一点，因为很可能会有一些东西被毁坏。给你的小狗准备一些狗玩具让它啃咬。

p. 55

让狗狗看看它们的水盆和窝，然后让它们独自待上几个小时。你可以像往常一样该干什么就干什么。让狗狗慢慢适应你和新家。当狗狗开始对你感兴趣时，伸出手，让它们闻一闻，并开始和它们交流。几个小时后，如果能保证安全的话，你就可以尝试带它们出去散散步了。

如果你有从狗狗以前生活的地方带回来的东西，你可以把它放在狗狗的窝里。比如，一个玩具，或者一条充满熟悉味道的毯子。这样一来，狗狗会更容易适应新环境。

p. 46

狗狗是如何交流的？

它们吠叫或者咆哮，是在传递信息吗？它们有时会号叫或呜咽吗？是的，它们的确会用这些方式进行交流，但它们主要使用的是肢体语言。如果你非常了解你的狗狗，你会立刻知道它们什么时候开心，什么时候悲伤，什么时候害怕或紧张。仅凭眼神和面部表情，它们就可以表达："给我那块奶酪！我很想吃！"

狗狗可以用吠叫和咆哮表达不同的情绪。可以是警告性的咆哮："别靠近我！"也可以是高兴的咆哮："我们一起玩吧，快，你怎么这么慢？"这完全取决于狗狗在那一刻的行为，以及它们的肢体语言传递给我们的信息。

下一页你可以看到狗狗主要的身体姿态。

要成为狗狗真正的朋友并且了解它们，你需要学习它们的交流语言——肢体语言！观察它们的尾巴、耳朵、面部表情和身体姿态。

不正确的方式

正确的方式

很多人都喜欢拥抱狗狗。但一般来说，狗狗不喜欢被人抱。当有人高高在上拥抱它们，还不肯放手时，它们通常会感到威胁。有时狗狗还会咬人！不过，它们几乎从来不会无缘无故或在没有警告的情况下咬人。只是我们不太懂它们的语言。在咬人之前，狗狗会要求我们别打扰它们：转过头，慢慢地或快速地舔嘴唇，竖起耳朵，试图离开或用低吼声警告我们。只有当我们忽略了所有信号时，它们才会咬人。

狗狗不是玩具。像其他人一样，它们也是家庭的一员。有时，狗狗可能心情不好，可能在遭受痛苦，或者只想静静地躺着，不想被人打扰。

27

我很警觉。

我准备攻击了。

让我们→
一起玩吧!

快给我揉揉肚子。

我很放松。

我非常害怕!

我很害怕,随时准备攻击。

29

有些人很容易与新结识的人打成一片，而有些人则需要更多的时间，狗也一样。乔和我都很矜持，我们花了一段时间才成为朋友。当我把乔带回家时，它不敢进屋，所以晚上就在走廊里过夜。我把它的狗窝移到了门口，听着它的呼吸声，我久久不能入睡。接下来的几天，乔小心翼翼地探索它的新家。我和它说话，跟它玩耍，喂它零食——我们就这样加深了对彼此的了解。

在最初的六个月里，乔一声不吭。它是世界上最安静的狗狗！老实说，我还以为它是个哑巴。想象一下，有一天我在工作室工作，突然听到它深沉而响亮的叫声时，我是多么惊讶！就这样，它用了很长时间终于适应了我。现在的乔就像个话痨。

主人
姓名
住址

狗狗信息

名字   性别
出生日期
品种   颜色
皮毛
特别的斑纹或者特征

最好为你的狗狗拍一张全身照。

养犬登记证

这是狗狗的主要证件。它证明了狗狗身体健康，在某些地方还需要出示以供检查。你还可以用它来记录所有必要的程序：疫苗接种，跳蚤、蜱虫和寄生虫的治疗。

养犬登记证的外观可能会略有不同，但无论封面有什么差异，其内容和组成部分都是一样的。

疫苗接种

　　幼犬出生后要吃母乳，母乳中含有抗体，可以保护幼犬，维持它们的健康。当幼犬开始进食其他食物时，这些抗体就会逐渐消失。这就是我们需要给幼犬接种疫苗的原因。通常情况下，在幼犬满一岁之前要接种一整套疫苗，第一次疫苗是在幼犬8～9周大时接种。

　　在第一次接种疫苗之前和疫苗接种之后的几周内，是免疫力的形成时期，建议将狗狗关在家里：它们不应该到外面散步或接触其他狗狗，因为它们仍然有感染疾病的风险。有时，如果疫苗接种延迟或你收养了一只收容所里的狗狗，最好咨询一下犬类行为学专家：因为长时间的隔离可能会对狗狗的心理造成伤害。

　　狗狗应该在一定时间内接种后续疫苗，接种时间和注意事项你应该随时咨询兽医。

与兽医合作制订疫苗接种计划。确保在接种疫苗前7～10天给狗狗驱虫。这样它们会更健康，也能减少接种疫苗可能带来的不良影响。

芯片注射在肩胛骨上方的皮下

铜制天线线圈

保护性生物相容性玻璃胶囊。它不会引起过敏反应或排斥反应。

微芯片的实际尺寸

调谐电容器和微芯片

微芯片

　　微芯片是一种微型计算机芯片，封装在一个米粒大小的胶囊里，使用特殊的注射针能把它植入狗狗的皮下。它实际上是一本电子护照：扫描芯片时，芯片会传输其唯一的识别号码，该号码对应芯片制造商的数据库，其中包含重要的联系信息。如果狗狗走失，芯片会增加找回的概率。世界上许多国家要求所有的狗狗都植入微芯片，也有的国家尚未完全采用这一制度：并非每个兽医诊所都有专门的扫描仪，也并非每个人都知道狗可以通过微芯片进行身份识别。

1989年，荷兰首次引入动物微芯片植入技术。

芯片编号由15位数字组成：

643 0981 00000003

国家代码　　　　制造商代码　　　　个体动物代码

食品超市

　　来到我身边之前，乔经历了危险的街头生活，在寄养家庭又生活了一段时间。来到我家后，我给它接种了疫苗，并让它在家里待了一阵——乔有一个多月没有出门。一个月后，我们第一次散步，这次散步可以说非常糟糕。乔害怕离开公寓，害怕离开门厅，一到街上，它就吓得缩成一团，一动也不敢动。那时的它对一切都感到害怕！

　　起初，我只带它在院子周边散散步，然后我尝试着慢慢扩大范围。我逐渐训练乔适应新事物：走进商店，靠近汽车，等红绿灯，过马路——这花了几个月的时间。

　　乔最后终于成功了！虽然，它仍然很胆小，但至少现在它敢于享受散步的乐趣，也敢于接触其他狗狗和其他人了。

喂养狗狗

狗是捕食者。捕食者吃什么呢？你猜对了，是肉！这就是为什么狗狗的日常饮食主要是肉类。但全面均衡的饮食还应该包括其他食物，比如富含蛋白质、脂肪、碳水化合物、维生素和矿物质的食物。狗粮主要有两种：商业配制食品和自制天然食品。

狗狗饼干

商业宠物干粮行业始于1860年。一位名叫詹姆斯·斯普拉特（James Spratt）的美国电工在英国伦敦推销避雷针时，发现街上的狗在吃水手扔掉的发霉硬饼干。他受到启发，研制出了第一款狗狗饼干：一种混合了小麦、蔬菜、甜菜根和牛血的饼干。这种饼干价格昂贵，最初主要由英国绅士为他们的猎犬购买。

含鲑鱼

商品狗粮

商品狗粮是为满足狗狗的营养需求而专门配制的，分为干粮和湿粮（罐头）。

· 你应该始终选择优质狗粮，为狗狗提供最佳营养。较便宜的狗粮大部分成分是谷物，肉的含量很少，这对狗狗来说并不是健康的饮食。

· 选择狗粮时，要看营养成分表。成分按重量排列，从含量最多的开始。优质狗粮会将各种肉类和副食产品排在最前面，然后是蔬菜、水果、油、各种补充剂和维生素。谷物应排在最后，并且不应超过营养成分的 10%。

· 幼犬、绝育的狗狗、年老或生病的狗狗都需要专门配制的狗粮。

将蔬菜碾碎或切成小块。

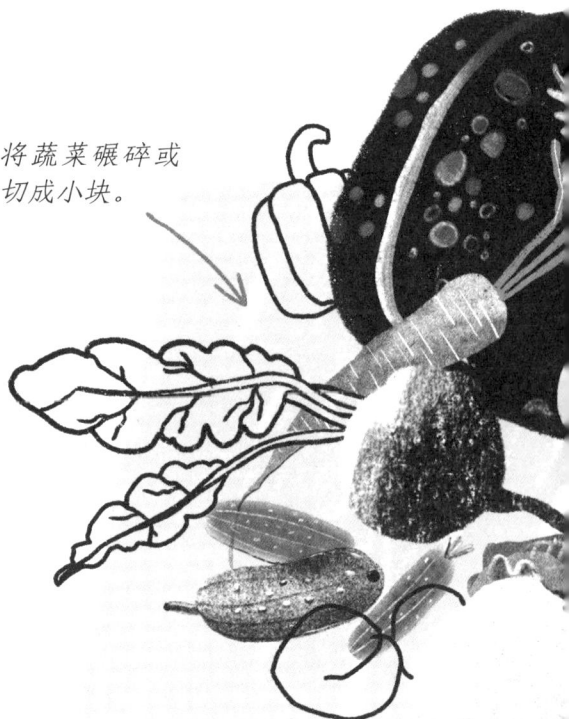

每周可以给狗狗吃一个煮鸡蛋或几个生鹌鹑蛋。

自制天然食品

自制狗粮并不等于给狗狗喂食剩菜剩饭，比如意大利面、肉丸或鸡汤。自制狗粮指的是为你的狗狗准备专门的餐食，而且餐食中不能缺少蛋白质。最困难的事情是制订一个能提供全面营养的膳食计划。均衡的饮食包括：

· 肉类（牛肉、小牛肉）、家禽（火鸡肉、鸡肉）、鱼类（狗鳕、鳕鱼、大比目鱼、青鳕）——约占食物摄入量的一半。

· 低脂发酵乳制品。

· 蔬菜（西葫芦、南瓜、黄瓜、辣椒、芹菜、花椰菜、西兰花、胡萝卜、四季豆、绿叶蔬菜）、水果（苹果、香蕉、梨、甜瓜）、浆果。

· 少量谷物（荞麦、大米、燕麦、麦麸）。

慈禧太后曾给她的京巴狗喂食鹌鹑胸肉、鱼翅，还给它们喝羚羊奶。

请咨询兽医是否应该给狗狗服用维生素。

添加食用油（橄榄油、亚麻籽油或葵花籽油）。只需几滴或一汤匙（取决于狗的大小）。

给狗狗喂鱼时，要确保去除所有鱼刺。

在选择狗粮或制订家常膳食计划时，请咨询兽医或狗狗营养师。

奶酪 5%

荞麦

幼犬应该每天喂食4~5次，到一岁时逐渐减少到每天 2~3 次。

狗狗不会咀嚼食物，它们会把食物撕成一块一块的，然后吞下去。这就是为什么你不必把它们的食物磨成糊状或把所有东西切成小块。

狗狗应该多久吃一次东西？吃多少？

如果你给狗狗喂食商品狗粮，你可以查看标签上的喂养说明。分量大小根据狗狗的品种、体重和年龄进行调整。

自制天然狗粮的摄入量大概应该是狗狗体重的3.5%，对于6个月以下的幼犬，每日食物摄入量应为体重的7%。这完全取决于狗狗的具体需求、年龄、能量消耗和健康状况。

成年狗狗每天应该进食两次，分别在早晨和傍晚，通常在散步后的一个固定时间。

狗狗每天的零食摄入量不应超过食物摄入总量的10%。零食中的热量太高，喂食过量并不好。你可以在训练过程中给狗狗零食作为奖励，或者拿零食逗狗狗开心。你可以在宠物店购买零食，也可以自己在家制作。

狗狗需要喝多少水？

一般来说，狗狗的喝水量可以按照每天每千克体重30~70毫升的标准计算。喝水量主要取决于它们当天吃的食物，多一点儿或少一点儿都没关系。确保狗狗每天都能喝到充足的、新鲜的、干净的水。水盆里的水至少每天更换一次，也可以多换几次。

取生牛肝，用冷水洗净，切成丁（1~1.5厘米），然后将肝块放在铺有烤盘纸的烤盘上，要注意在每一块牛肝之间留有间隔。80摄氏度烘烤数小时，直至牛肝变干、变脆。

狗狗的禁忌食物

巧克力

巧克力里含有的一种名叫可可碱的兴奋剂，对狗狗有毒。给狗狗吃少量的巧克力就足以引起狗狗呕吐、腹泻和心跳加速。过量食用巧克力会导致狗狗心力衰竭，甚至死亡。

葡萄和葡萄干

科学家还无法解释为什么葡萄对狗有如此大的毒性。即使是少量葡萄摄入，也会引起狗狗急性肾衰竭。

牛油果

牛油果中含有的一种叫作甘油酸的毒素会导致狗狗呕吐和腹泻。

洋葱和大蒜

洋葱和大蒜含有三硫化合物，会破坏红血球，导致狗狗贫血。

给狗狗吃剩菜剩饭安全吗？

狗狗的消化系统与人类不同。典型的人类食物过于丰富和油腻，狗狗无法正常消化。食物中含有的碳水化合物较多、蛋白质较少，而且里面含有大量的盐、糖和调味料，这样的饮食会给狗狗带来严重的健康问题。这就是为什么你不应该给狗狗喂食剩菜剩饭。但还是可以给狗狗一些零食：小块的新鲜蔬菜、水果、浆果、瘦肉、坚果和少量奶酪都会让狗狗回味无穷。狗狗喜欢奶酪，但奶酪的脂肪含量较高，通常应避免给狗狗吃太多。

我刚领养乔时，它瘦得像根豆芽菜，我几乎可以数清它的肋骨。上街的时候，总有愤怒的路人拦住我，责备我没有好好喂养它。

　　但实际上，乔吃饭的时候简直就是狼吞虎咽，它会风卷残云般地吃完它的一餐！它长得更快了，在我眼前一下子长高了许多，但还是那么瘦。

乔还是个鬼鬼祟祟的小毛贼！

有一天，我煮了一锅咖喱鸡肉。我把锅盖拿开，想让食物稍微凉一凉。
我就离开了厨房五分钟左右，当我回来时，我简直不敢相信自己的眼睛：锅
里面干干净净，咖喱鸡肉全没了！一点一滴都没剩！

乔坐在炉子旁边，睡眼惺忪，懒洋洋地咂着嘴。它无辜地看着我，好像
在说："这咖喱鸡肉真好吃！"

狗狗皆如此

狗狗和我们一样，也得拉屎撒尿。我们可以在家里上厕所，狗狗却需要到外面去。狗狗是很爱干净的动物，它们天生习惯在户外解决生理需求，但形成这种习惯的年龄会有所不同——有些幼犬在4~5个月大时就能在两次如厕之间憋住，而另外一些可能要到10~12个月大时才能做到。

有时，成年狗狗也会在室内"大小便失禁"。原因可能有很多：出去如厕的次数不够，散步的时间不够长，狗狗压力过大或生病了。如果你的狗狗突然开始在室内便便，你要尽快带狗狗去兽医那里检查。如果健康状况没问题，就要想一想是什么原因造成的。你也可以咨询一下狗狗行为学专家。

p. 84

如何训练狗狗使用尿垫

· 收起所有地毯。

· 在地板上铺尿垫或报纸，多铺一些。

· 当狗狗在尿垫或者报纸上便便时，表扬并奖励它们！

· 如果狗狗在地板上撒尿，你可以用一小块报纸把尿液擦干，然后把报纸放在尿垫上。这会帮助它们下次找到正确的如厕区域。

· 当你的狗狗不再在尿垫外小便时，你可以逐渐拿走尿垫，每次减少一块，直到只剩下两三块，你可以把它们分别放在不同的地方。

在某些情况下，室内狗狗便盆可能是一个不错的选择。它并不能取代外出散步，但如果你的狗狗年纪较大，或者狗狗体形较小，在非常寒冷的天气里无法在户外长时间活动，那么狗狗便盆就可以帮到你。

如何训练狗狗到户外如厕

· 收起所有尿垫，只留一块。彻底清洁房屋以消除气味（你可以使用醋溶液或专用清洁喷雾）。

· 经常定时带狗外出，大约每天5~6次。慢慢增加间隔时间——狗狗一岁时，可以将散步次数减少为一天三次。

· 让狗狗按时进食和散步。坚持这个时间表！这样你的狗狗就会习惯每天规律的作息时间。

· 狗狗醒来后，玩耍、吃喝，然后就要马上带它们出去散步。有时散步时间可以长一点儿，有时散步只是为了短暂的如厕。

· 当你的狗狗在户外如厕时，要表扬它们。

· 如果你的狗狗仍然在室内便便，请用醋或喷雾剂将这些地方擦拭干净。

捷克的研究人员最新研究发现，狗狗在如厕时更喜欢按南北方向站立。它们利用地球磁场帮助自己定位。在两年的时间里，研究人员观察了70只狗狗的1893次排便和5582次排尿。

我领养乔的时候，它已经不是小狗了，但好长一段时间它都在室内撒尿。试想一下，20千克重的乔在房间里撒了一大摊尿！我想尽了办法。按照所有的居家训练建议去做。每天带它外出三次，每次一小时或更长时间，清洁整个公寓以去除气味。只留下一块尿垫。每次它在室外撒尿时，都表扬它并给予奖励。我带它看了兽医，做了一些检查。一切都没有用！在长达六个月的时间里，乔一直在室内撒尿……

但突然有一天，它不在室内撒尿了，不知道什么原因，就是再也不在室内撒尿了。我想，可能是到时候了：乔长大了，它感觉更安心，它自己终于想明白了。

带狗狗散步

当我们去上学或上班时,狗狗整天待在家里,百无聊赖。不过,它们经常会想出各种办法来应对无聊,然后我们就会发现被咬坏的家具,或家里被弄得一团糟。

一般来说,成年狗狗每天需要两个小时的散步时间。这完全取决于它们的品种和性情。活泼好动的狗狗可能需要更长时间的散步来消耗其过剩的精力。散步不仅意味着锻炼和奔跑,也是结识其他狗狗、玩游戏、训练和探索新领地的机会。即使是接受过室内如厕训练的小型犬,也需要新的刺激体验。不一定非要让你敏感的吉娃娃在寒冷的户外待上几个小时,但是你可以把它们放在包里,带着它们散步,顺便逛逛咖啡馆、商店,或者拜访一下朋友。

人类大约有 600 万个嗅觉受体,而狗狗的嗅觉受体却多达 2.5 亿个!嗅觉对狗狗的探索至关重要。散步时,狗狗会在各种物体上留下大小便的气味痕迹。通过嗅闻和查看气味痕迹,狗狗就能判断出之前来过的狗狗是敌是友,知道它们的性别和年龄,了解它们是否健康,甚至判断它们有多放松或快乐。当狗狗紧张或具有攻击性时,荷尔蒙的变化会导致它们身体气味的改变。因此,当你的狗狗想要在每一处灌木丛中逗留时,不用惊讶。不要不耐烦,让它们闻闻看。

当狗狗们相遇时,它们会在对方的尾巴下面嗅来嗅去。这是因为它们的尾巴下有特殊的气味腺体,能分泌一种有气味的物质——也可以说是狗狗的名片。这就像用狗狗的语言打招呼:"我嗅过你了,我现在认识你了。"

及时清理狗屎。狗狗的粪便中含有许多细菌、虫卵或蠕虫，不能用作肥料，却可能会让其他狗狗和人生病。

尝试不同的散步路线是个好主意：长年累月走同样的路让主人和狗狗都感到无聊。有些狗狗需要不断地接触新事物，有些狗狗则不需要经常变换环境。观察一下你的狗狗：它们需要什么？说不定，你的狗狗每天都需要新的路线呢。也许你可以在平时进行例行散步，然后在周末让你的狗狗在空旷的田野或森林中奔跑。

狗狗在田野里奔跑一个小时会感到疲倦，学习新技巧或玩寻找游戏20分钟也会感到疲惫。因此，训练和游戏、与其他狗狗玩耍、慢慢散步探索领地，这些活动需要交替进行，这非常重要。尝试多样化，让你的日常散步更加有趣。

p. 52

例行散步

（40～90分钟）

早上散步的时间可以短一点儿，晚上稍长一点儿。

排便

（10～15分钟）

如果你的狗狗憋不住，你可以在中午和睡觉前带狗狗出去如厕。

远足

周末，当你有更多空闲时间时，你可以带狗狗到郊外远足。

47

走多少路才够呢？

健康的狗狗平均每天的睡眠时间是14到18个小时。大型犬需要更多的休息时间，幼犬和年老的狗狗也需要更长的睡眠时间。充分散步之后，你的狗狗会睡上大半天，这完全正常。

如果你的狗狗在家非常活跃，过度兴奋，睡得不多，这说明它们没有得到充分的锻炼和智力刺激——它们只是没有感觉到累。它们需要更多的散步、玩耍和训练。相反，也可能出现另一种情况，当你的狗狗在长时间散步后，第二天表现得有气无力，对什么都无动于衷，那么显然，它们需要休息——让狗狗在安静的地方休息，不要过多地打扰它们。

狗狗背带有着悠久的历史。最早的背带应用在极地地区，用于拉雪橇上的载重。这种做法拥有约8000年的历史。

牵引绳固定在此处。

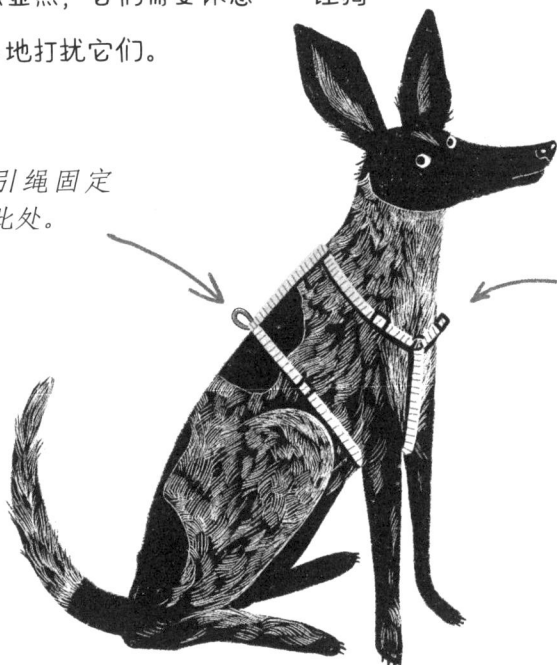

根据狗的身体结构设计得当的背带，不会在受到压力时挤压狗狗的胸腔。

为什么背带比项圈更好？

我们习惯看到狗狗戴着项圈，但项圈增加了狗狗受伤的可能性。如果狗狗精力旺盛、冲动，用力拉拽绳索，项圈可能会造成气管损伤。建议使用背带，这是一种更安全、更加人性化的选择。背带的带子可以将牵引绳的重量和压力从狗狗的脖子分散到它们的肩膀、胸部和背部。不同类型的背带用于不同的目的：负重拖行、拉雪橇、训练，导盲犬、搜救犬和其他类型的工作犬也有各自的背带。你需要一个用于散步的背带。为你的狗狗挑选合适的背带非常重要。

遛狗拴不拴绳？

在公共场所遛狗，一定要拴好牵引绳。根据法律规定，只有在专门的狗狗公园才能不拴牵引绳。

在森林或野外，可以解开牵引绳，但前提是它们在你召唤时，确实能听话。如果它们对你的命令置若罔闻，最好不要冒险。你的宠物可能会跑丢。

最好准备两条牵引绳：一条短的（1.5~2米），适合短途散步、在城市中漫步和乘坐公共交通工具；一条长的（5~7米），可以给狗狗更多自由。有了这种牵引绳，你可以在郊外训练你的狗狗，而不必担心它们跑掉。

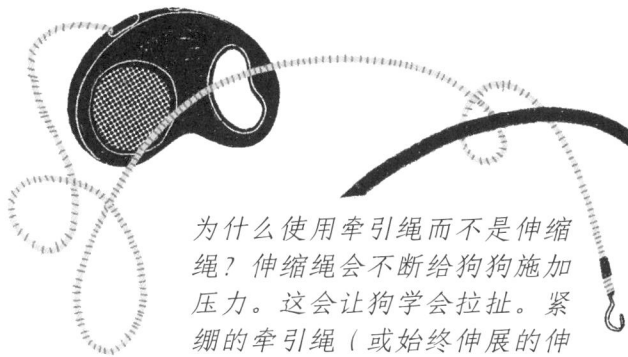

为什么使用牵引绳而不是伸缩绳？伸缩绳会不断给狗狗施加压力。这会让狗学会拉扯。紧绷的牵引绳（或始终伸展的伸缩绳）可能会让狗狗对其他狗狗和人更具攻击性。

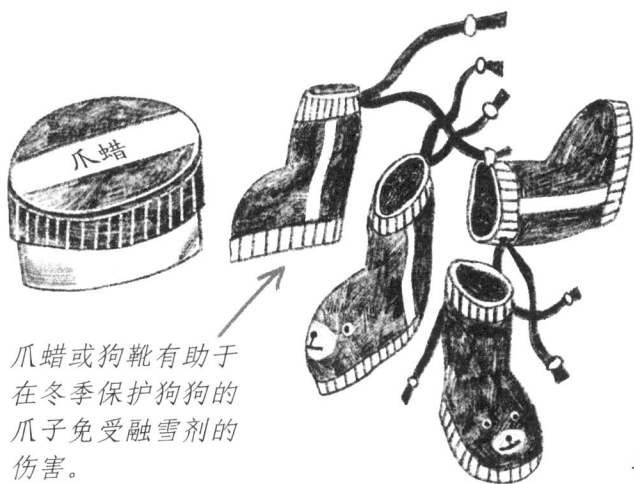

p. 65

爪蜡

爪蜡或狗靴有助于在冬季保护狗狗的爪子免受融雪剂的伤害。

每次遛狗后，都要清洁狗的爪子。你需要一个水桶、一大碗水，还需要毛巾来擦干狗狗湿漉漉的爪子。如果你养的是小狗，你可以在水槽中冲洗它们的爪子。如果你的狗狗全身上下都是污垢，那就用浴缸吧。从一开始就教你的幼犬乖乖地让你擦洗它们的爪子。更重要的是，你为清洗做准备工作时，它们要学会耐心等待。

如果你养的是对寒冷敏感的短毛狗，你就要根据天气情况给它们穿衣服。

还有专门的洗爪器，配有肥皂水和按摩刷。

狗狗 清洁剂

我们住在莫斯科的市中心，但在我们社区周边散步很不错。附近有一条河和一个小公园。我和乔会去那里，看河水哗哗地流过水闸。周围有驳船、快艇和大大小小的船只。有时我们就在附近走走——去一家老式的杂货店买点儿面包和牛奶，或者过河去一个封闭式小公园散步。我们偶尔会在那里看到啄木鸟和松鼠。如果我们一大早去，那里又没有其他人，我就会解开乔的牵引绳，和它一起玩球。秋天的时候，那里特别漂亮，地上铺满了黄色和红色的枫叶，乔就会在齐胸深的枫叶堆里穿行。

但我们最喜欢的还是离开城市去看望我的父母。他们有自己的房子，房子附近有森林、河流和田野，那才是真正的生活！乔在草地上跑来跑去，挖洞，捉老鼠，在河里嬉水。每次我们去看望他们的时候，都不想再回到城市里。

游戏和拓展活动

狗狗喜欢玩耍！小狗大部分时间都在玩耍……好吧，更确切地说，它们大部分时间都在睡觉。但它们确实经常玩耍，它们通过游戏来了解这个世界。游戏和散步同样重要，即使对成年狗来说也是如此。游戏对于人与狗狗建立良好的关系至关重要，还可以作为训练狗狗的有效方法。

游戏有很多种：单纯的体能活动就可以让狗狗把体能耗尽，而需要大量思考的拓展游戏则会更加耗费狗狗的体力。许多城市里的狗狗运动量不足，因此智力游戏可以弥补这一点。

边境牧羊犬切瑟（Chaser）是世界上最聪明的狗之一。这只狗狗认识1022个单词。它的主人是行为心理学家约翰·W·皮利（John W. Pilley）博士，他通过展示不同的物体并多次重复这些物体的名称来教会狗狗识字。切瑟拥有大约800个毛绒玩具、116个球球、26个飞盘和许多塑料玩具。它可以通过名称辨别所有的玩具。

体能活动/游戏

追逐

与你的狗狗一起奔跑吧。你们可以互相追逐。

取物

把一个球扔远，让你的狗狗把球捡回来。有些狗狗喜欢叼住球不松口。不要追逐狗狗，也不要试图去抢球。表扬它，给它好吃的，鼓励狗狗放下球。

捉迷藏

这个游戏可以增进与狗狗的视觉接触。刚开始时可以在室内玩，你可以躲在椅子或沙发后面。当你的狗狗找到你时，要表扬它们。然后你们可以到户外玩。你可以尝试躲在树或灌木丛后面。这个游戏对于胆怯的狗狗或幼犬来说可能有些危险，所以要确保这个游戏适合你的狗狗。

拔河

很多狗狗都喜欢玩拔河。只需记住几条规则就可以安全地进行这项游戏：按照你的指令（例如"抓住"和"放下"）开始和结束游戏，如果狗狗的牙齿碰到你的皮肤就马上停止这个游戏。

益智游戏

一般来说，狗狗的所有智力游戏都涉及觅食：寻找并获取食物。你的狗狗会从这些益智活动中获得极大的满足感，并会感到更加自信。从简单的游戏开始。如果狗狗遇到困难，你可以帮助它们。

干粮、煮熟的鸡肉或牛肉块，肝脏块。

最简单的游戏！将零食藏在你的一只手中，让你的狗狗闻一闻，猜猜美食藏在哪只手中。你可以从气味浓郁的零食开始。

你可以用纸杯玩同样的游戏。

毛巾卷

在毛巾上放满零食，然后将其卷起来。狗狗会发现解开毛巾卷并不容易。

盒子游戏

将小块的零食包在纸里，团起来放入纸箱中，跟别的纸团混在一起。

瓶子游戏

瓶中的零食

瓶子中间挖个洞

把零食放进瓶子里，然后用胶带封好。如果想要更高级的玩法，可以先用纸将零食包起来，然后放进瓶子，拧紧瓶盖。

藏食垫

这是让狗狗忙起来的好办法。如果你的狗狗能很快发现食物而且进食速度太快，你可以用这种垫子给它提供每日餐食。

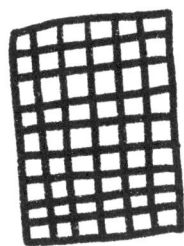

绒布条

在狗狗玩这些游戏时，要对它们进行监护。如果它们喜欢吃纸或塑料，就不要再尝试使用这些材料的玩具。

带网格的橡胶垫

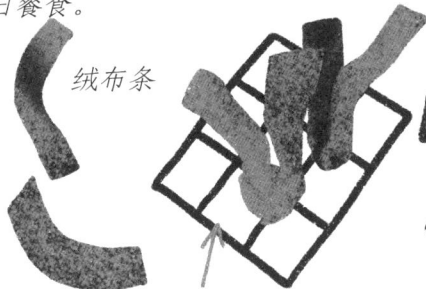

将每根绒布条穿过网格，然后打一个双结。

将零食藏在绒布条之间，告诉狗狗"找到它"。

互动玩具

你还可以购买专门的益智玩具和咀嚼玩具来和狗狗互动。这些玩具为狗狗提供了智力刺激，让狗狗的生活更加丰富充实，还满足了狗狗的两个本能需求——获取食物和啃咬东西。这些玩具里面装满了零食（有很多配方可以供你选择）。狗狗玩这种玩具的目标就是吃到零食。你可以通过选择不同类型的玩具来调整游戏难度，但是最好使用同一种零食。为了增加游戏的挑战性，你甚至可以将玩具先冷冻一段时间。

KONG牌狗咬胶是此类玩具中最受欢迎的一种，它是在20世纪70年代发明的。乔·马卡姆（Joe Markham）注意到，他3岁大的德国牧羊犬弗里茨（Fritz）喜欢啃石头，这让它的牙齿开始磨损。任何从商店里买来的玩具它几秒钟就能毁掉。有一天，乔·马卡姆正在修车，弗里茨从车里找到一个小挂件——一个橡胶小雪人，并玩得不亦乐乎，这激发了马卡姆创造KONG牌狗狗玩具的灵感。

玩具填料食谱

1. 将水果切成小块。你也可以使用浆果（只要你的狗狗不过敏，任何种类的浆果都可以）。香蕉可以打成泥。将所有配料混合在一起，加入酸奶。将混合物放入玩具中，冷冻3~4小时。

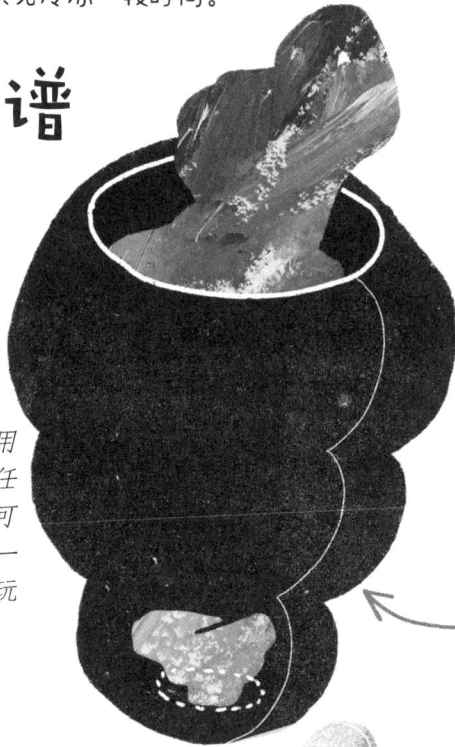

那个小挂件就是这个样子，玩具几乎完全复刻了小挂件的形状。

用浓稠的东西（比如花生酱、奶油奶酪、罐头食品）封住小孔，然后在里面放一些好吃的。

2. 将奶酪切成小块，与碾碎的狗狗饼干混合在一起。你可以将混合物冷冻或直接使用。

可以是干粮、少量蔬菜或狗狗饼干。

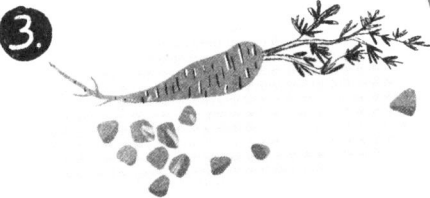

想偷懒，但还想保证给狗狗提供美味？那就使用狗狗最喜欢的罐头食品吧！

3. 将肉切成小块，与煮熟的米饭和胡萝卜（生的或煮熟的，磨碎或切丁）混合。

鹿角

驯鹿鹿角被认为是最好的咀嚼零食之一。它们没有气味，主要成分是钙和磷，还包含许多其他重要的矿物质和氨基酸。记住要选柔软的鹿角哦。

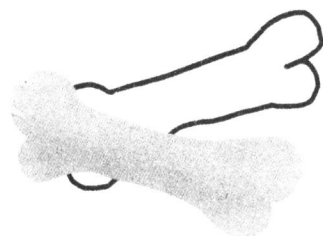

骨头

骨头对狗狗来说可能非常危险：家禽和猪的骨头会伤到狗狗的食道和胃的内壁，任何煮熟的骨头都可能导致肠道堵塞。给狗狗吃牛肘、牛骨髓或羊尾骨会相对安全。

狗为什么喜欢啃咬东西？

当狗狗移动下颌咀嚼时，它们的身体会产生一种叫作乙酰胆碱的化学物质，这种物质具有放松的功效。这对狗来说就像冥想一样（一种让狗狗感到放松和平静的活动）。如果狗狗感到紧张或害怕，它们就会咬东西。如果狗狗没有得到足够的运动或智力刺激，也会出现同样的情况。啃咬东西是一种很正常的现象！只要确保你的鞋子藏得很安全就可以了。最好提供咀嚼玩具和可食用的磨牙食物，以防止狗狗带来破坏性损失。

此外，咀嚼也是狗狗保持下颌强壮和牙齿健康的方法！

耳朵和尾巴

你可以在超市买到各种风干的咀嚼零食（猪耳朵、牛蹄和牛尾巴等）。它们不能代替骨头或鹿角，因为它们没有那么硬，但它们作为补充食物来说效果还是不错的。

乔在青春期的那段时间毁坏了许多东西。不过，它一岁半的时候就不再这么干了。但不得不说，它毁东西的时候确实玩得很开心！你可以数一数，看它到底咬坏过多少东西。

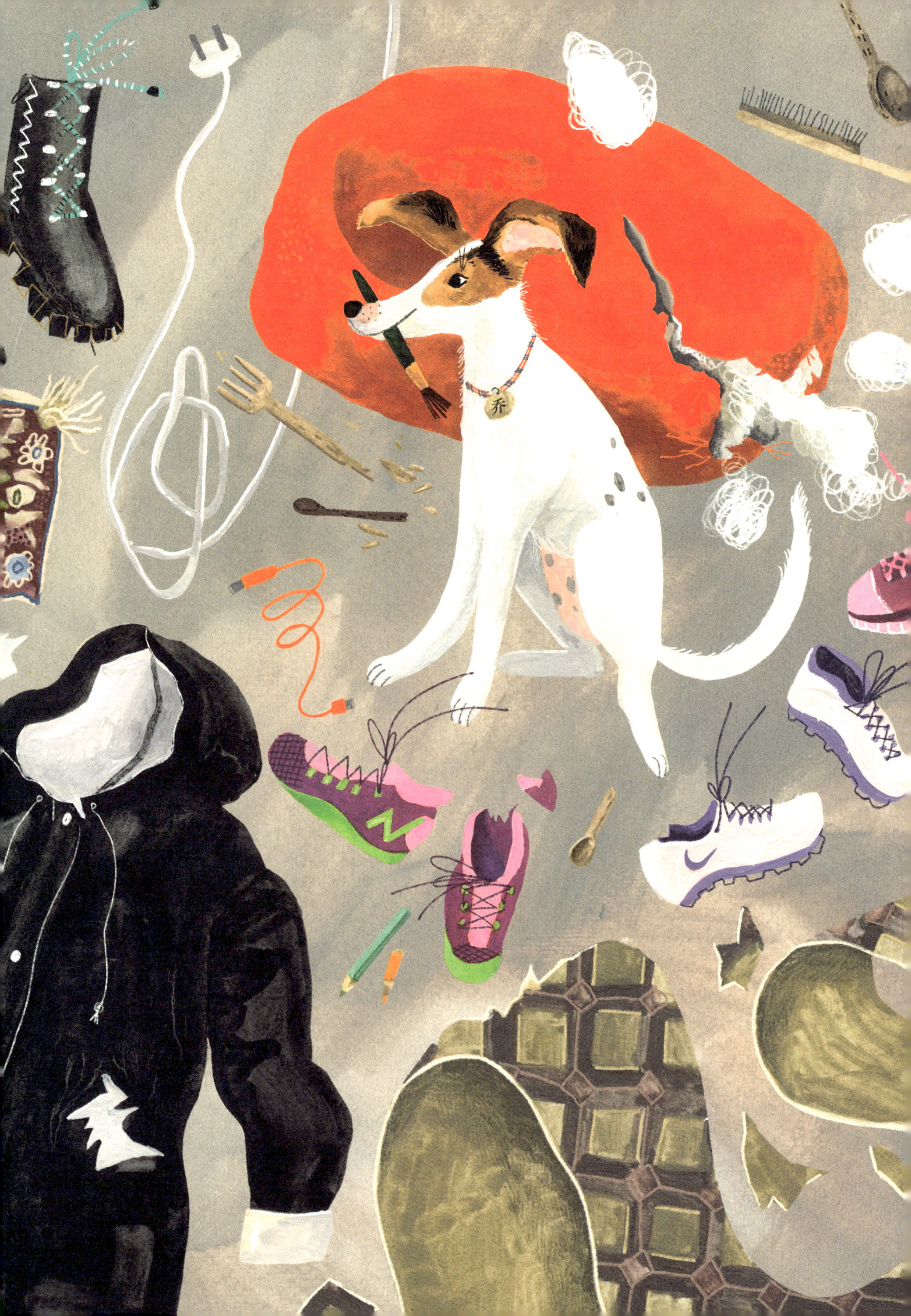
乔

训练与教育狗狗

在很长一段时间里，支配理论是最广泛使用的训犬方法之一。这个理论告诉狗狗主人们要让狗狗知道谁是老大，谁是首领。有不少规矩都源于这一理论，例如，不允许狗狗先通过门口、不允许先吃东西或者不允许上床，对狗狗采取适当威胁，用力量压倒狗狗和对狗狗进行体罚。基于最新的科学研究，现代的狗狗训练不再依赖支配理论。现在最为推荐的是使用正面强化训练法。那么，什么是正面强化呢？

大卫·梅奇（David Mech）博士对狼群进行了多项行为研究。通过研究，他得出结论：最具攻击性、最强壮的雄性首领会支配其他所有的狼。然而，野生狼群的行为与圈养狼群大相径庭，所以这些对圈养狼群的观察结果推广到野生狼群上就不适用了。不过，虽然在狼群研究上，支配理论被证明是错误的，但这个理论却启发了多种使用支配理论训练狗狗的方法。

面对狗狗的不良行为，不要打它或恐吓它。这会破坏你和狗狗之间的关系。

正面强化

正面强化训练法简单说来就是奖励狗狗那些让你喜欢的行为，忽略狗狗那些让你不喜欢的行为。奖励会让狗狗更有可能重复这种行为。几乎任何事情都可以用这种方法，从基本命令到高难度技巧，再到纠正各种行为问题。狗狗喜欢工作并获得奖励。它们会想："啊哈！如果我现在这样做，就会得到美味的食物！"这种方式最好、最重要的是：可以增进你与狗狗的感情。

切勿使用这些装备来训练狗狗：刺钉脖圈和电子项圈（一种会对狗狗颈部施以电击的设备）。

如何奖励你的狗狗？

· 零食奖励的效果特别好！每当狗狗做对一个动作，就用零食奖励它。每次都这样。当它们真正学会这个动作，你就可以调整成偶尔给它们零食。这样的方式就是持续强化。

· 表扬。使用口头奖励。用兴奋的语气说"对"或"乖狗狗"之类的话，然后给狗狗零食吃。

· 点击器。一旦你的狗狗表现出你预期的行为，你就按一下点击器，然后给它一些零食。你的狗狗会将点击器的声音与获得零食联系起来，并知道自己做对了。

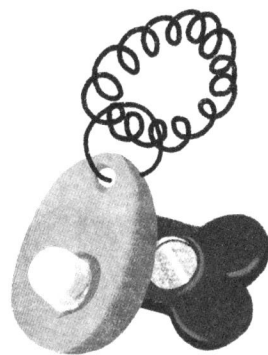

点击器是一种按下按钮时会发出"咔嗒"声的简单设备。市场上有各种款式和形状的点击器，其中许多还配有腕带，你可以把它戴在手腕上。

训练狗狗从家里开始，将外界的干扰最小化。

如果在户外，就找一个安静的地方，让你的狗狗不会被其他人、狗狗或汽车干扰。

当你的狗狗在安静的地方学会了迅速响应你的指令时，你就可以到更热闹的地方去尝试了。

选择零食

· 零食应该选择狗狗最喜欢的东西。

· 应该选择小块且易于咀嚼的食物。狗狗能够立即吞下去，而且不会让狗狗一天下来吃得太多。

· 应该携带足够的零食，保证随时可用！例如，一次训练应携带80~100块零食。将卡路里计入每日食物总摄入量之中。

· 零食应该是健康和低脂的。可以选什么呢？煮熟的小块鸡肉、牛肉、肝脏，还有狗狗饼干、奶酪块和香肠等。香肠要少给，因为香肠对狗狗来说并不是非常健康的食物。

外出时，最好把零食放在口袋或腰包里，用保鲜袋密封，方便拿取。

你可以自己训练狗狗，也可以让狗狗参加宠物训练班。这就像孩子们上小学一样。你甚至可以找一个训练营，把狗狗留在那里一个月，然后在课程结束时得到一只非常乖巧的狗狗。不过我不建议这样做。主人应该亲自训练自己的狗狗，无论是居家训练还是参加集体课程。训练有助于增进感情，促进狗狗的成长。它们必须不断思考和学习新事物。完成基本的服从命令训练后，你就可以开始对它们进行技巧训练。你可以教狗狗握手、拿拖鞋、开门、转圈等。

下面是一些可以教给狗狗的基本指令：

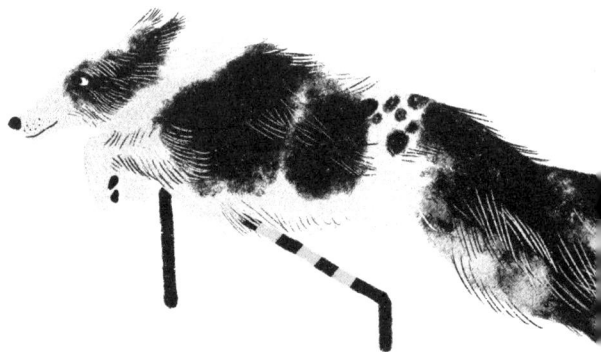

甚至还有一项专门训练敏捷性的犬类运动。这项运动最早出现在20世纪70年代的英国。在这项运动中，训练员引导狗狗跨越障碍物，既要追求速度，也要追求准确性。

绝不要因为狗狗跑过来找你而惩罚它们。狗狗跑出去撒欢，你抓都抓不住的时候，也不要惩罚狗狗。要训练狗狗将"过来"的命令与得到美好的东西联系在一起。

过来

· 这是最重要，也是最难掌握的指令。如果还不能保证你的狗狗能被你召唤回来，那你就要用围栏为狗狗圈出一个区域，让狗狗在这个可控范围里自由奔跑。

· 向狗狗展示食物。

· 喊你的狗狗过来，不要不停地重复相同的指令。

· 当狗狗来到你身边时，表扬并奖励它们。

坐下

· 把零食放在狗狗鼻子前面。

· 说"坐下"。

· 将零食举过狗狗的头顶，这样它们必须坐下才能抬起头够到食物。

· 在狗狗坐到地上时，立即把零食给它们吃，并对它们给予表扬。

趴下

· 向狗狗展示一下零食。

· 说"趴下"。

· 慢慢地把零食放到地上。如果狗狗不趴下，你就握住食物，把拳头放在地上，引导狗狗去够。

· 当它们趴下时，把食物给它们，并表扬它们。

跟随

· 向狗狗展示食物，引导它站在你的身边。

· 将手中的零食按在腿上，让狗狗尝试吃到食物。

· 向前走几步，然后停下来。如果狗狗跑到你的前面，就等它们回来，然后奖励它们。

· 继续向前走，然后停下来。当狗狗学会很好地在你身边行走时，你就可以增加难度了：走弧形或之字形路线，改变方向并回到起点等。

训练有素和乖巧听话不是一回事。狗狗可以懂得并服从很多指令，但可能仍然表现不好。只有当你们能舒适愉快地一起生活时，你的狗狗才称得上乖巧。为了达到这一目标，你要坚持对狗狗的训练。

想想这个，狗狗在餐桌旁边呜呜地叫着，乞求食物。你妥协了，分给它一小块。啊哈，成功了！下次，它们会为了得到美味的东西叫得更厉害。尽管你不介意分享一块食物给它，也最好等到你的狗狗平静地坐下来时再分享。还有一点很重要，要记住奖励并不一定总是意味着给零食。比如，当你结束一天的工作回到家时，你的狗狗见到你非常高兴，它们的热烈迎接可能让你连外套都很难脱下来。这时候，如果你第一时间安抚它们，狗狗会把你的关注当成奖励——这正是它们想要的！更加有效的方法是：先等到它们平静下来，然后抚摸它们并向它们问好。

· 切勿强迫狗狗做或不做某事。

· 对你和狗狗来说，训练应该是一件有趣的事情。

· 关注你的狗狗。如果它们累了，难以集中注意力，就休息一下或结束训练。

乔懂很多事情！它不是马戏团的狗狗，但它知道很多指令。最让我自豪的是我们之间的感情。即使我们在野外，乔像风一样自由地奔跑的时候，它仍然会每隔两三分钟就回来找我。它转过头，看着我，然后跑过来，这让我非常开心。我会抚摸它，并给它一个温柔的拥抱。

狗狗社交

幼犬通常渴望与其他狗狗互动，它们友好、兴奋地迎接新朋友并和它们一起玩耍。随着年龄的增长，它们的行为可能会发生变化：有些狗狗会对所有狗狗都很友好；有些狗狗则会对不熟悉的狗狗具有攻击性；还有些狗狗仍然忠实于它们的老朋友，而对其他的狗狗失去兴趣。无论如何，与同类交往对狗狗的成长非常重要。如果你的狗狗被孤立了，它们将无法学习到那些关键的技能。动物之间会使用肢体语言进行交流。狗狗的面部表情和身体姿势都是它们的沟通方式，有些动作让你几乎察觉不到，还有些行为是相互关联的。

当狗狗想要避免冲突时，它们会对人或者其他狗狗使用"安定信号"。

至少有 30 种安定信号：狗狗可以把头转向一边，目视远方；或者完全转过身去，露出背部，可以舔嘴唇、打哈欠；看到其他狗狗时坐下或躺下，嗅闻地面或开始缓慢移动，或者接近其他狗狗并绕着走。

"安定信号"这个专业术语，是挪威训犬师图里德·鲁加斯（Turid Rugaas）在 20 世纪 90 年代创建的。她和同事们花了多年时间观察和记录狗狗之间的交流方式。

你可以与你的狗狗多多交流，但要留意它们肢体语言的暗示。要搞清楚你的狗狗到底想不想与你交流。

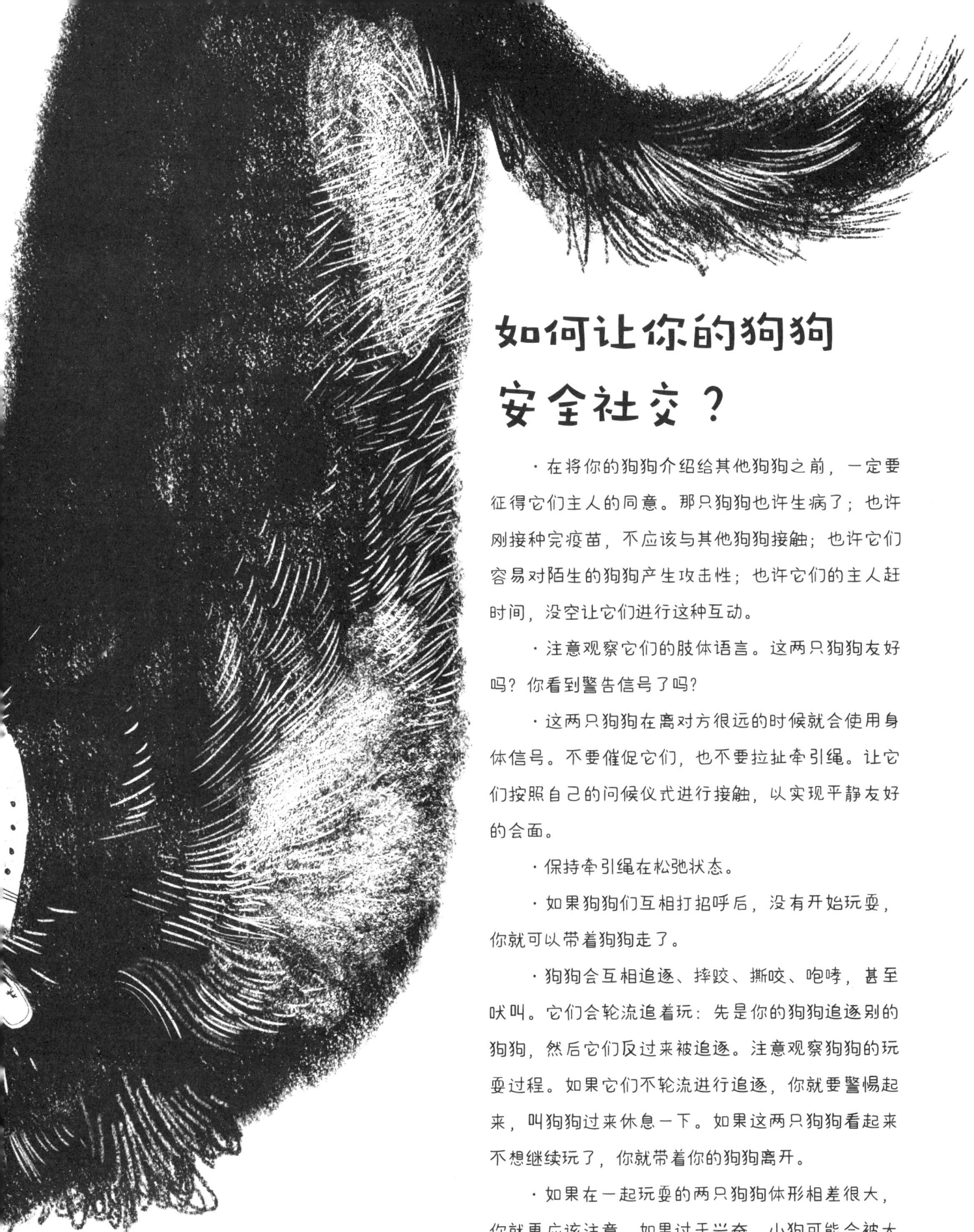

如何让你的狗狗安全社交？

· 在将你的狗狗介绍给其他狗狗之前，一定要征得它们主人的同意。那只狗狗也许生病了；也许刚接种完疫苗，不应该与其他狗狗接触；也许它们容易对陌生的狗狗产生攻击性；也许它们的主人赶时间，没空让它们进行这种互动。

· 注意观察它们的肢体语言。这两只狗狗友好吗？你看到警告信号了吗？

· 这两只狗狗在离对方很远的时候就会使用身体信号。不要催促它们，也不要拉扯牵引绳。让它们按照自己的问候仪式进行接触，以实现平静友好的合面。

· 保持牵引绳在松弛状态。

· 如果狗狗们互相打招呼后，没有开始玩耍，你就可以带着狗狗走了。

· 狗狗合互相追逐、摔跤、撕咬、咆哮，甚至吠叫。它们合轮流追着玩：先是你的狗狗追逐别的狗狗，然后它们反过来被追逐。注意观察狗狗的玩耍过程。如果它们不轮流进行追逐，你就要警惕起来，叫狗狗过来休息一下。如果这两只狗狗看起来不想继续玩了，你就带着你的狗狗离开。

· 如果在一起玩耍的两只狗狗体形相差很大，你就更应该注意。如果过于兴奋，小狗可能会被大狗咬伤。

乔是一只非常友好的狗狗，它喜欢所有人和动物：儿童、成年人、其他狗狗甚至猫咪！或许除了猫，大家也都很喜欢它。乔克服了对街道的恐惧之后，我们的散步变得非常令人兴奋。在领养乔之前，我在公寓里住了一年，除了住得最近的几个邻居，其他人我谁也不认识。有了乔之后，我认识了我们院子里的每一个人，也几乎认识了附近所有养狗的邻居。

我家附近所有2岁到5岁的孩子都非常喜欢乔。在漆黑的冬夜，它会和孩子们在操场上玩球。乔最好的朋友是辛纳蒙，一条棕色的狗，鼻子是橄榄色的。它和乔一样，都是杂交品种，但它的主人更喜欢说它是澳大利亚橄榄色牧羊犬。它真的太漂亮了！

护理狗狗

皮毛

根据需要给狗狗洗澡。如果狗狗的皮毛看起来油腻、气味难闻或沾满了泥巴，那就该给它洗澡了。更复杂的美容程序最好交给专业人员。狗狗美容师可以为狗狗剪毛、清理耳朵，还可以给狗狗修剪指甲。

定期梳理狗狗的皮毛。梳理的频率取决于毛发的长度和狗狗是否脱毛。梳理可以去除多余的毛发，刺激皮肤细胞新生，促进毛发生长，并减少家具和地毯上的毛发数量！

定期检查你的狗狗。这可以是很好玩的事情。当你抚摸狗狗时，你甚至可以为它按摩，同时检查狗狗是否有皮疹、抓痕、昆虫叮咬、肿块或疙瘩。

使用狗狗专用洗发水。专用洗发水不会损伤狗狗的皮肤和毛发。

少用吹风机。不过，对于长毛狗来说，还是避免不了。将吹风机的温度尽可能调低，并将喷嘴保持在离狗狗毛发几厘米的距离。如果是短毛狗，你可以用毛巾给它们擦一遍，然后让它们自然干。

在狗狗浅色的指甲上可以看到血线。在深色的指甲上，就不那么容易辨别了。

修剪这里

指甲

有些狗狗由于经常在水泥道上散步，指甲会自然磨损。而指甲没有被磨损的狗狗则需要修剪指甲。只修剪指甲的尖端，不要碰到血线，也就是指甲里的血管。剪到那里会很痛，而且会出血。

牙齿

牙菌斑积聚在牙齿上会硬化成为牙垢。你要定期为你的狗狗做牙齿检查。在家为狗狗清洁牙齿可以轻松去除牙菌斑。但如果牙垢大量堆积，就需要进行专业的超声波洁牙。

成年后的狗狗有42颗牙齿。上颚20颗，下颚22颗。

为防止牙菌斑积聚，请使用专门的犬用牙刷和牙膏为狗狗刷牙。

如果剪到了血线，要给狗狗涂抹一些止血粉来止血。

如果你的狗狗害怕修剪指甲，你可以尝试使用磨甲器。这是一种替代工具，可以磨平指甲。

在进行这些活动期间和之后，要给狗狗提供美味的零食。这样，你就能让狗狗对原本不那么愉快的事情产生积极的联想。

天啊，乔掉了好多毛！它的毛发到处都是：地板上、沙发上、我的衣服上，有时甚至在我的食物里！感觉乔不是一年掉两次毛，而是一直在掉。我一直试着改变它的饮食，给它补充维生素。我也咨询过兽医。但兽医说，很有可能乔从它的祖先那里继承了这个特殊的基因，导致它总是掉毛。我不知道是真是假，但吸尘器已经成了我最好的朋友！哦，还有粘毛器和一定程度的接受能力。

如果你的狗狗生病了

狗狗和我们一样，也会生病。通常情况下，它们并不喜欢去兽医那里。大多数狗狗会害怕，因为在看病的过程中会有很多戳、捅等不愉快的事情发生，有时还会很痛苦。但去兽医诊所对狗狗的长期健康至关重要。就诊原因可能是定期检查、接种疫苗、治疗慢性疾病，也可能是为了应对意外，比如狗狗可能会食物中毒或受伤，它们可能会感染疾病，也可能被蜱虫或其他狗狗咬伤。

为了减轻看病时的压力和焦虑，让你的狗狗尽早适应兽医，你可以找一家好的兽医诊所，最好离家不要太远，先带你的狗狗过去，只是为了社交和看一看。让你的爱犬闻一闻、探一探，给它们一些好吃的，然后继续正常散步。这样重复几次，直到你的狗狗逐渐适应诊所，甚至开始将诊所与令人兴奋的事情联系起来。这样，去诊所看病就会是一次更愉快的经历。

这里是为需要全面监测和治疗的患病宠物提供的住院病房。

这里是超声波室。

狗狗的正常体温为37.5至39.0摄氏度（取决于狗狗的体形大小和年龄）。

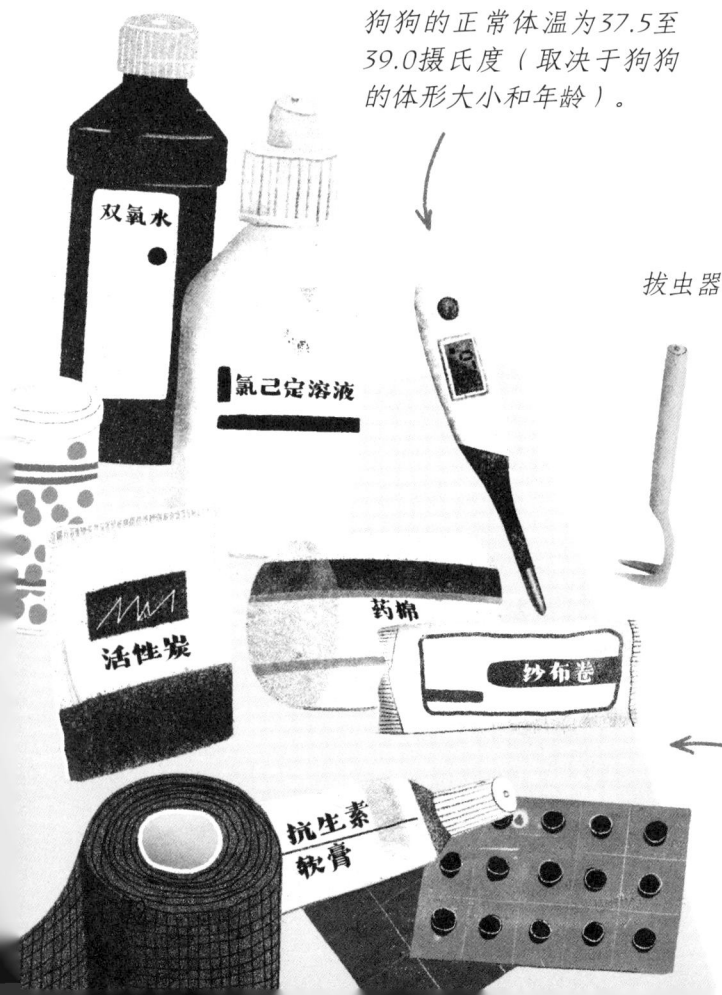

双氧水

氯己定溶液

拔虫器

这里是接待区，主人带着宠物在此等候。

活性炭

药棉

纱布卷

狗狗家庭急救箱中的必备物品。

抗生素软膏

蜱虫对狗来说是致命的。它会传播一种叫作巴贝斯虫病的疾病。如果不及时诊断和治疗，狗狗会在被蜱虫叮咬后一周内死亡。在蜱虫活动的高峰期（3月至11月，某些地区全年），每次散步后都要检查一下狗狗的身上。可以考虑使用专门的蜱虫预防产品。市面上有滴剂、药片、项圈和驱蜱剂可供选择。药片已被证明是目前市场上最有效的选择。咨询兽医来选择产品保护你的狗狗。

蜱虫通常藏在较高的草丛中，因此在森林或田野中徒步时，狗狗被蜱虫叮咬的概率较高。不过，在城市的公园里也可能被蜱虫叮咬。

这里是治疗室。

这里是检查室。

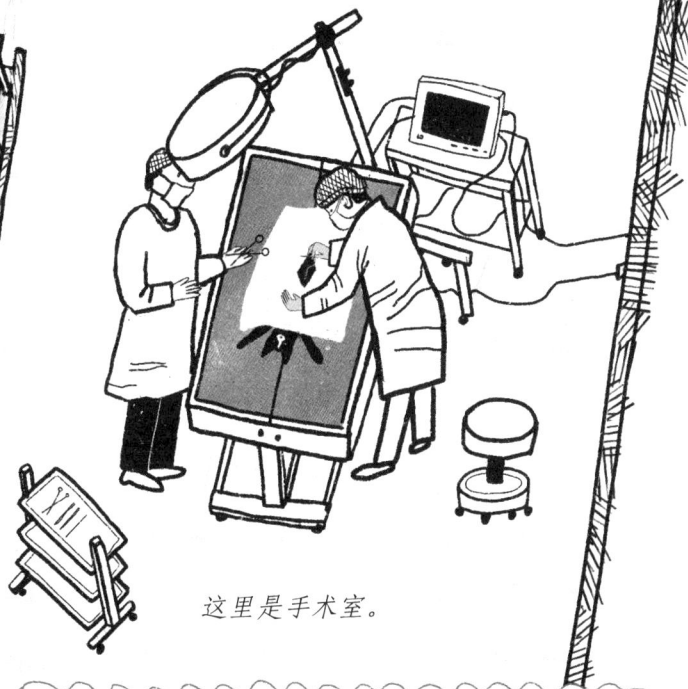

这里是手术室。

按时为你的狗狗接种疫苗。
定期为你的狗狗驱虫。
带你的狗狗去宠物医院进行例行检查。
在紧急情况下，你可以给狗狗进行急救，但一定要立即联系兽医。

乔和我是兽医诊所的常客：例行疫苗接种、爪垫割伤、鼻子被抓伤……但最可怕的事情发生在去年春天：乔身上有了蜱虫。我发现它变得昏昏欲睡，虚弱无力，而且发热——体温接近40摄氏度！乔感染了巴贝斯虫病。那一个星期，谁也不知道它是否能活下来。经过大约一个月的治疗，它的病情才有所好转。当它恢复了食欲又开始摇尾巴时，我特别开心！

带狗狗旅行

你和家人多久度一次假？你能带着狗狗一起去吗？还是不得不把狗狗留给朋友或亲戚照看？你还可以选择宠物旅馆，在你和家人外出时，那里会有专业的工作人员照顾你的狗狗。

即使你不经常旅行，有时你去公园、拜访朋友或徒步时也要开车拉着它们。为了确保每次出行都能够愉快而无压力，最好在狗狗还小的时候就开始训练它们。

对于带狗狗旅行，不同的交通工具有不同的旅行指南和安全规定。无论是在境内旅行还是出国旅行，都需要一大堆文件（文件清单因国家而异：带有疫苗接种记录和微芯片号码的养犬登记证、兽医出具的国内或国际旅行证明、过境通关表格等）。

请不要将你的狗狗单独留在车内！即使天气凉爽，你的车也会在很短的时间内被晒得很热，这会让你的狗狗面临中暑的风险。

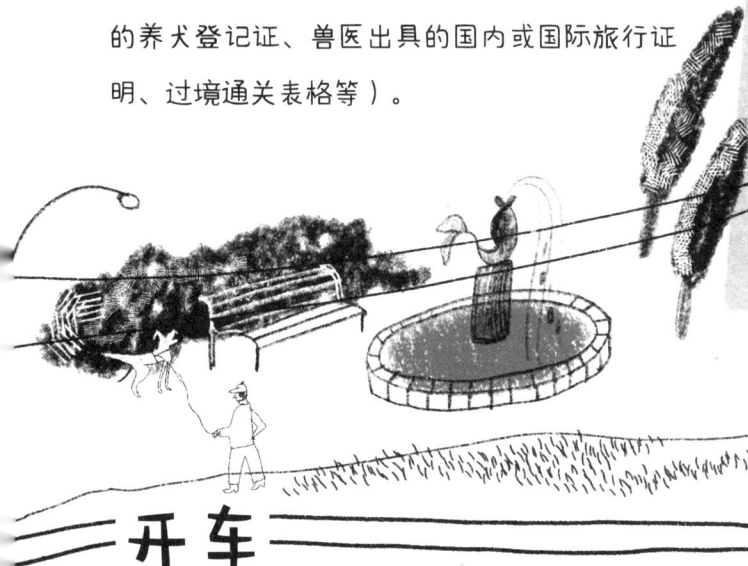

开车

不要让狗狗在车里自由活动。对于体形较小的狗，你可以使用旅行笼。体形较大的狗在后座的车载座椅中会更安全、舒适。你也可以在后座安装屏障或在后备箱中安装护栏。

乘坐公共交通工具

为了安全起见，你必须给狗狗系上牵引绳并戴上嘴套。小型犬、导盲犬和协助犬可免费乘车，体型较大的狗狗则需要付费。

乘飞机

　　一些航空公司允许小型犬进入机舱（带箱重量不超过8千克）。大型犬则可装入笼子放在行李舱中。各航空公司的规定不尽相同，因此你应提前了解所有要求。

　　飞行对狗狗来说是非常有压力的。咨询兽医确定狗狗是否需要在旅行中服用镇静剂。

TRAIN STATION

坐火车

　　有些列车设有专门的宠物车厢，你可以带着狗狗乘坐，但需要支付额外的费用。如果火车上没有宠物车厢，而你又要带着一只大型犬旅行，你可能需要自己预订整个车厢。并且狗狗必须戴上嘴套并系好牵引绳。

乘坐通勤列车

　　一些通勤列车有专门的宠物车票。请提前购票，不要忘记给你的狗狗戴上嘴套并系上牵引绳。小型犬可以坐在你的膝盖上，大型犬只能坐在列车车厢的连接处。

*这里指的是在俄罗斯，人们带狗狗出行的规范和要求。在中国，大部分地区仅允许带有识别标志的服务犬（如导盲犬、助听犬、治疗犬等）乘坐公共交通工具。

坐地铁

在地铁上，狗狗必须始终待在笼子里。所以，携带大型犬乘坐地铁是不可能的。

我经常和乔一起坐火车，我们的每次经历都令人兴奋。每个人都
会把目光投向它：孩子、老奶奶、乘务员，还有其他形形色色的人。
我记得有那么一天……

时值春末夏初。我穿着竖条纹的新裙子，踩着我最喜欢的亮色运动鞋，背着一个大背包，腰间系着一个腰包。一副清新靓丽装扮的我和乔一起坐上火车，去乡下度周末。乔戴着时髦的项圈、背带和同色系的口套。看看这只洁白、闪亮、美丽无比的小狗吧。我与一位女士和一个孩子愉快地聊天，她们对乔非常感兴趣。

　　我们已经坐了一个小时的火车。我拿出乔的碗，倒了些水。它喝了一些，但还剩下一些。快要到站了，我们开始向出口走去。我们马上就要下车了，我要把剩下的水倒进灌木丛里。女人和孩子跟着我们来到车厢连接处。乔站在那里，等着火车停下来。我背着包，把碗紧紧抱在胸前。那个女士……往碗里扔了20卢布和一些硬币，她说："我从来不给街上的人钱，但这只狗狗实在太可爱了！"

　　我们表现得确实不错吧！

如果你的狗狗受到惊吓

每只狗狗都是独一无二的。有些狗狗自信满满，什么都不在乎；有些狗狗则容易焦虑恐惧。狗狗可能会对任何东西产生恐惧，比如声音、人、其他狗狗、小汽车或公共汽车，以及无论你觉得多么荒谬的任何事物。有些恐惧是由以前的糟糕经历造成的。例如，如果一个长胡子的邻居曾经把你的小狗从他的垃圾桶旁吓走，那么即使现在你的狗狗长大了，它仍然可能会害怕所有长胡子的男士。对很多狗狗来说，有些恐惧是共同的，比如雷电交加的暴风雨和震耳欲聋的烟花。

如何帮助一只害怕的狗狗？为你的狗狗制订规律的时间表和例行活动，让它感到安全。对狗狗进行训练，表扬并奖励它，增强狗狗的信心。有些恐惧是可以克服的，有些则不容易解决。有时，唯一可以做的就是避开会吓到狗狗的那些事物。

帮助狗狗克服恐惧的主要技巧之一叫作"对抗条件反射"。例如，你可以让你的狗狗看一个让它们害怕的东西，一开始要保持一定的距离，然后给狗狗一些美味的零食。随着时间的推移，逐渐缩短这个距离。你的狗狗将学会把这个东西和美味的食物联系起来，从而学会喜欢它。一定要慢慢来，急于求成只会让恐惧更加严重。如果你的狗狗经历了极度恐惧，请咨询专业的犬类行为学家。

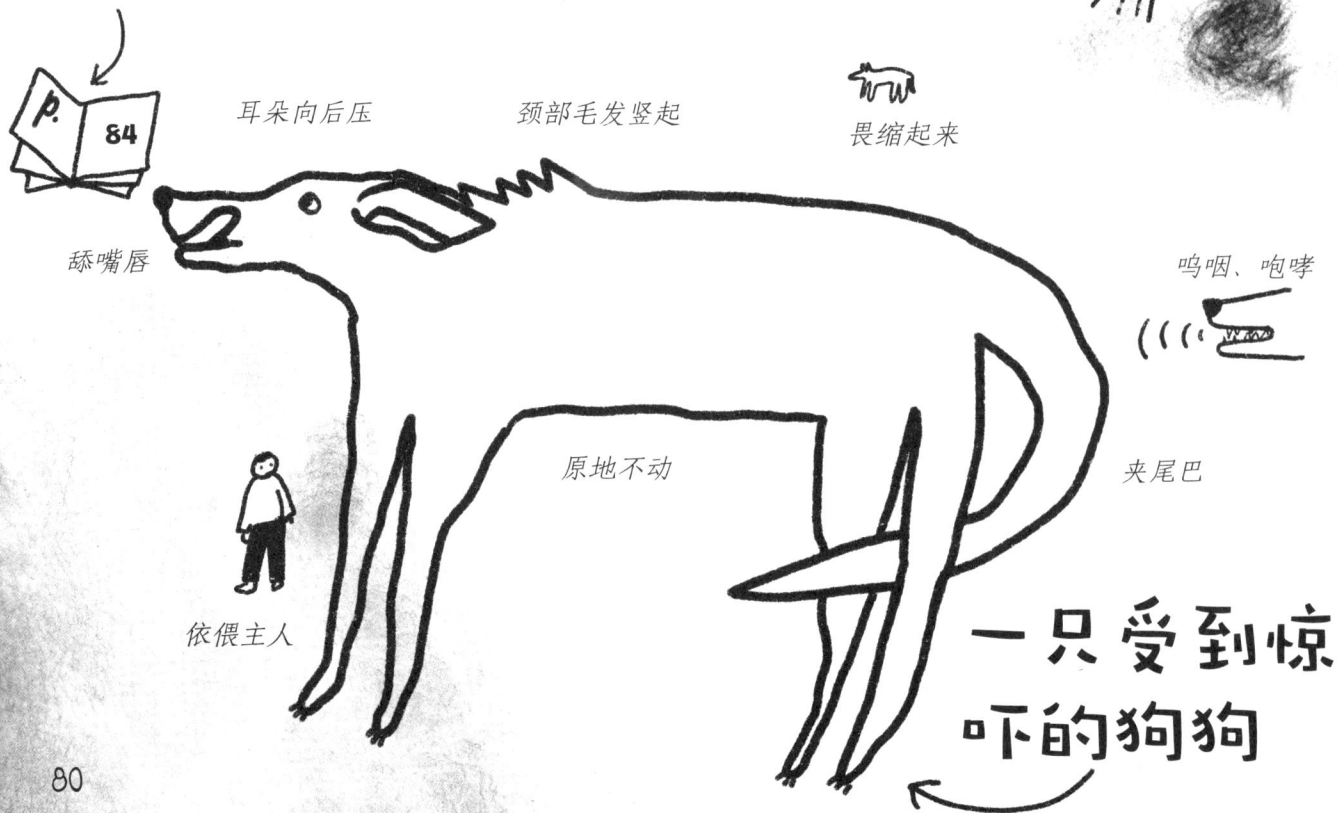

当狗狗受到惊吓时，不要责骂它们。认同它们的恐惧，抚摸它们，用柔和的声音跟它们交流。不要对狗狗的恐惧视而不见，但也不要过度安慰——狗狗可能会认为确实发生了可怕的事情，这样反而会加重恐惧感。

p. 84

耳朵向后压　　　颈部毛发竖起　　　畏缩起来

舔嘴唇

呜咽、咆哮

原地不动　　　　夹尾巴

依偎主人

一只受到惊吓的狗狗

狗的听力比人类灵敏得多。我们能听到的声音频率范围约为20到20000赫兹，而狗的听觉频率范围要广得多，为12到65000赫兹。狗能听到一千米外的声音！这意味着狗狗对巨响更加敏感，甚至会感到疼痛。

暴风雨

狗狗能感觉到暴风雨的来临。暴风雨不仅伴随着轰隆隆的巨响，还会产生急剧变化的气压和大量静电。

·提前关注暴风雨预报。确保在暴风雨来临之前，带你的狗狗出去好好散散步。

·在暴风雨期间，为你的狗狗提供一个安全的住所。

·播放喧闹的音乐或将电视音量调高，以抵消一部分暴风雨的声音。

·可以和狗狗互动，来分散它们对轰隆隆的雷声的注意力——比如，和它们玩耍，与狗狗聊天，给它们好吃的东西。

·你可以尝试通过播放雷声录音来训练狗狗适应雷声，逐渐增大音量，并辅以积极的方式分散其注意力，比如玩耍、训练、给食物或玩具。但这不一定总管用。

烟花

新年前夕是一年中狗狗走失最多的一天。天空中烟花的巨响会吓到狗狗。它们会挣脱项圈，然后狂奔而去。

·狗狗应一直佩戴带有身份标签的项圈。

·拴好你的狗狗。

·改变当天的例行散步。早上进行主要的长距离散步；如果可能的话，白天再进行一次散步；晚上只进行一个快速的散步，比如5分钟，只为了让狗狗如厕。

·抗焦虑药物可能会有帮助。但使用前请务必咨询兽医。

乔很喜欢坐汽车，坐火车也没问题（尽管它不喜欢，还有点儿害怕），但它认为有轨电车是世界上最可怕的怪物！有轨电车隆隆作响，叮咣、嘎吱地行驶，还耀武扬威地喷着火，简直是狗狗世界里的恶龙！

我们在电车旁总是飞奔而过。更准确地说，乔会全速冲过去，耳朵向后压着，路上所有东西都拦不住它。而我只能尽力拉住牵引绳拼命跟上它。

我仍在努力解决它的恐惧问题，我咨询了训犬师，但遗憾的是，我还没有成功。所以我们可能需要彻底避开有轨电车。

行为问题和解决方案

不当排泄

攻击性

恐惧

独处时吠叫

当我们考虑养狗时，我们心中的宠物总是过于理想化：一个听话、冷静、善解人意的伙伴。当然，确实有这样的狗狗。但是，为了更接近这个理想，你需要花大量时间与狗狗相处并训练它们。大多数情况是我们自己并没有真正准备好去养一只狗。

大多数的狗狗都远远没有达到人们理想中的标准。并且，在我们看来有问题的行为，比如咀嚼、刨土、吠叫、在泥土中打滚，对狗狗来说是完全正常的。我们应该时刻牢记这一点。

不过，有些真正的行为问题可能会极大地影响我们和宠物的生活：对人或其他狗狗的攻击、不当排泄、各种恐惧（分离焦虑、害怕巨响、害怕某些物体）、多动症、到处乱啃、吃街上的东西。要解决狗狗的这些行为问题，需要耐心和努力。

训犬师是与狗打交道的专业人员。训犬师可以提供基本的服从训练或者针对特定活动的训练。但通常他们不会解决狗狗的行为问题。

吃街上的东西

你能做些什么？

让兽医对你的狗狗进行评估。行为问题通常是由潜在的健康问题引起的。例如，你的狗狗突然开始在屋子里撒尿或表现出攻击性，这表示你的狗狗可能正处于煎熬之中。

如果狗狗身体健康，你可以尝试自己解决狗狗的行为问题。有很多资源可以利用，其中包括解决常见狗狗行为问题的指南。如果你自己无法解决问题，请咨询犬类行为学家。

到处乱啃

犬类行为学家是受过专门培训的专家。这些专业人士专注于狗狗行为问题的管理、纠正和预防。

在寻找犬类行为学家时，应考虑受过正规教育、有良好口碑的专业人士，并考虑他们使用的方法（正向训练、不使用抑制项圈）。事实上，行为学家的工作对象是狗狗主人，而不是狗狗，他们要做的是帮助狗狗主人与宠物建立更好的关系。

多动症

乔生性胆小，没有人知道它在小时候经历了什么，这解释了为什么它永远不会很勇敢或很自信。它的主要行为问题也与它的恐惧感有关。它害怕电车，只要看到电车就开始疯狂地拉扯牵引绳；它害怕修剪爪子，一看到我拿着修剪器就躲起来。我接受这样的它。

　　乔是一只很棒的狗狗。它温柔、亲切，喜欢所有人。我们在一起，意味着我们可以应对任何事情！

你的狗狗在逐渐衰老

最长寿的狗是一只名叫布鲁伊（Bluey，1910-1939)的澳大利亚牧牛犬。根据吉尼斯世界纪录的记载，布鲁伊活了29年零5个月，是有记录的最长寿的狗。

据说2016年去世的澳大利亚卡尔比犬麦琪(Maggie)活了30年，但它的主人布莱恩·麦克拉伦（Brian McLaren）丢失了狗狗的记录文件，因此无法核实它的真实年龄。

小型犬比大型犬更早进入成年期。小型犬在12个月大的时候就已完全成熟，而一岁半，甚至两岁的大型犬仍可被视为幼犬。狗狗的寿命比人类的寿命短：可爱的幼犬很快就长成了活泼好动、充满好奇心的少年犬，然后又变成了自信满满的成年犬，再然后，只不过几年，它们就会开始慢慢衰老。

狗狗的平均寿命为10～14年。它们的寿命因成年体形和品种而异。小型犬长得较快、寿命较长，通常为14～17年。一些巨型犬种，如大丹犬，寿命仅为8～10年。它们变老的速度是不同的。

狗狗衰老的迹象

· 行为改变。原来精力充沛的狗狗现在可能白天睡得更多了。它们也有可能开始避开其他狗狗。

· 你的狗狗可能会变得脾气暴躁，开始不喜欢某样东西，还有可能会咬人或发出低吼。

· 视觉、听觉或嗅觉丧失。你的狗狗可能会对你的命令置若罔闻，因为它听不到。

· 蛀牙和牙龈感染。

· 毛发变灰、发暗，皮毛可能变得稀疏。

人们通常使用"狗狗的一岁相当于人类的七岁"来计算狗狗的年龄，但其实这并不准确，因为不同的狗狗寿命长短不同，不能一概而论。

照顾年迈的狗狗

· 定期去宠物医院做检查和化验。这将有助于尽早发现健康问题，即使不能治疗，至少也能使问题得到控制。

· 定期提供适当的运动和智力刺激。寻找新路线进行例行散步；继续训练你的狗狗，教它们一些技巧；玩各种游戏，丰富它的生活。

· 给狗狗提供健康的饮食，使它们保持适当的体重。

· 遵循既定的活动和日程安排。如果狗狗的一天充满了变数，它的压力就会增加。

珍惜你与狗狗相处的每一刻，它们不会永远陪在你身边。多花点儿时间一起散步、玩耍和享受快乐吧。

乔小时候傻乎乎的。我记得它会在树木周围乱跑导致自己被牵引绳缠住，它还会突然朝我们遇到的每只狗或每个孩子疯跑过去，根本不理会我的指令。每次遇到这样的情况，我都在心里大喊："天哪，我养了一只傻狗！"但后来乔长大了，突然有一天，它变得聪明起来。我现在可以说是跟一只几乎能听懂我说的每一句话的狗生活在一起。有时甚至不用我说话，它也能懂我。一定要和你的狗狗多说话。你和它们说得越多，它们的理解能力就越强。

至关重要

什么是五项自由？五项自由是国际公认的护理标准，每一个生命都有得到人道待遇的权利，狗狗当然也不例外。五项自由于1965年开始制定，并在1979年正式确立，代表了主人应为狗狗提供的最低护理标准，以确保狗狗健康快乐地生活。当其中一些条件未得到满足时，狗狗就会出现常见的行为问题。

1822年，在政治家理查德·马丁（Richard Martin）的推动下，英国议会通过了一项法案，防止残忍和不当地对待动物。他试图将他的动物权利运动带到伦敦街头，结果却成了大家的笑柄，把他描绘成长着驴耳朵的人。

拥有充足食物的自由

你的狗狗应该随时能获得新鲜的水和食物，以维持健康和活力。

享有舒适生活的自由

你应该为狗狗提供一个适当的环境，包括住所和舒适的休息区。

享有不受痛苦、伤害和疾病的自由

你的狗狗应该获得必要的健康检查和治疗。它们不应遭受痛苦。

享有表达天性的自由

狗狗应该能够根据自己的意愿与其同类进行互动。它们一定要能够一起奔跑、跳跃、玩耍、嗅探、刨土和吠叫！

享有生活无恐惧和无悲伤的自由

切勿故意吓唬或伤害你的狗狗。它们不应感到紧张或无聊。保证为狗狗提供丰富的活动，并只使用人道的训犬方法。

确保你是真的想养狗。在你决定之前，需要考虑好你的家庭是否准备好承担这一责任。

请记住，狗不是玩具。它们是鲜活的生命，有自己的个性和习惯。养狗需要花费大量的时间和精力。在将狗狗带入你的家庭之前，请做好准备。要有耐心，不要催促狗狗。如果有些事情无法马上解决，也不要沮丧。观察你的狗狗，了解它们的个性，弄清楚它们喜欢什么，不喜欢什么。训练你的狗狗并为它们提供丰富的活动。享受共处的时光。不要因为狗狗犯错而责骂它们，更不要伤害它们。试着了解可能导致狗狗出现不良行为的原因，并想办法加以预防。

如果你遇到问题需要帮助，请咨询专家、兽医、训犬师或犬类行为学家。此外，你还可以通过阅读专业训犬书籍进行自学。

最重要的是，要爱你的狗狗，并努力成为它们最好的朋友。狗狗真是太棒了。它们给我们带来快乐，让我们幸福。你的狗狗也是最棒的！

以下专家为本书做出了贡献：

安东·沃尔科夫

犬类行为学家

卡佳·鲍克罗

社会活动家、爱狗人士

帕维尔·托奇洛夫斯基

兽医

谢谢

收容所、非营利组织、宠物节

实用资源

扩展阅读

狗狗训练课程

狗狗用品商店

其他

版权贸易合同登记号图字：01-2024-4351

图书在版编目（CIP）数据

　养只狗狗吧：教会孩子爱心与责任的实践手册 /
(俄罗斯)埃琳娜·布拉伊著绘；吴延国译. -- 北京：
电子工业出版社，2024.11. -- ISBN 978-7-121-48867
-2

　Ⅰ. I512.85
　中国国家版本馆CIP数据核字第2024BT9860号

责任编辑： 赵　妍
印　　刷： 北京尚唐印刷包装有限公司
装　　订： 北京尚唐印刷包装有限公司
出版发行： 电子工业出版社
　　　　　 北京市海淀区万寿路173信箱 邮编：100036
开　　本： 889×1194　1/16　印张：6.5　字数：191.7千字
版　　次： 2024年11月第1版
印　　次： 2024年11月第1次印刷
定　　价： 88.00元

凡所购买电子工业出版社图书有缺损问题，请向购买书店调换。若书店售缺，请与本社发行部联系，联系及邮购电
话：（010）88254888，88258888。
质量投诉请发邮件至zlts@phei.com.cn，盗版侵权举报请发邮件至dbqq@phei.com.cn。
本书咨询联系方式：（010）88254161转1852，zhaoy@phei.com.cn。

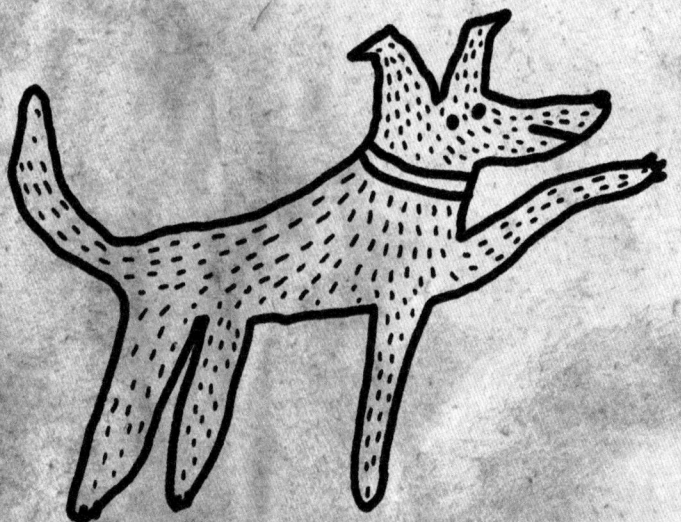